マドンナメイト文庫

幼馴染みの美少女と身体が入れ替わったから浮気エッチしてみた

霧野なぐも

目次

contents

幼馴染みの美少女と身体が入れ替わったから浮気エッチしてみた

第一章　彗星観測

1

――タタンタタン、タタンタタン……。

登校する学生と、会社勤めの大人たちを運ぶ朝の電車の中。八木裕斗は隣で吊革を摑む美少女をこっそりと眺めていた。

(やっぱり、可愛いよな)

学校指定のセーラー服がよく似合う、艶やかなセミロングヘア。今は少しけだるげに伏せられているが、アーモンド形の大きな目が、髪とお揃いの深く黒い睫毛に囲まれている。

（鼻も、唇も……）

裕斗の視線は、我知らず観察深くなっている。

夏の熱気がほんのり肌に汗を浮かし、それが電車の冷房で冷やされてそっと肌を流れ落ちていくのにも胸がときめいた。

少女の首筋の汗の玉が、くっきりとした鎖骨へ伝うのを見守っていると……。

「ん？　どうしたの、裕くん」

「あっ、いや、なんでもない」

自分の目つきは美少女——古川（こがわ）さやかの知るところとなった。

眠そうにしていたまぶたがくいっと開かれ、裕斗のほうをしっかり向いてくる。

慌てて無関心を取り繕った裕斗をほんの少し怪訝（けげん）そうに見たものの、さやかはなにも言わずに正面の車窓に向き直った。

そろそろ二人の通う高校の最寄り駅だ。

「それじゃあ、学校終わったら行くからね」

「うん、待ってるから」

クラスが別の裕斗とさやかは、教室前の廊下で二手に分かれた。

さやかとの登校で浮ついていた気持ちが、少しずつ落ち着いていく。

「八木、また古川といっしょに来てんのかよ」

「うるせ」

教室に入るなり、同級生の男子がからかいの声を飛ばしてきた。

「いいな、彼女がいる奴は。それも古川みたいな可愛い子がさ」

「さやかはそういうんじゃないよ」

乱暴に会話を切って、通学鞄を机に置く。

裕斗の言葉は、照れ隠しではない。さやかとはただの幼なじみで、恋人関係ではなかった。

周囲のからかいの言葉にはもう慣れている。高校生にもなって、幼なじみといえど女子生徒と毎日仲よく登校していればひやかしの的になるのは当然だ。

でも、そんなふうにはやし立てられても、裕斗はさやかと距離を置くことはしなかった。

（いつか……彼女になってくれるかな）

裕斗は、さやかから も、距離感について言われたことはない。

さやかのことが好きだった。だがそれを言い出すことができずにいた。

「裕くん、今日は一人で食べてるの？」

昼休み、裕斗が中庭のベンチでパンをかじっていると、聞き慣れた声がした。

弁当の包みを持ったさやかが、ちょこんと裕斗の顔をのぞき込んでいた。

その仕草にどきりとしながら、裕斗はベンチの隅っこに身体を詰めた。それを見たさやかが、ちょっと間をあけて隣に腰掛ける。

「さやかも今日は一人なのか？」

いっしょに登校するような二人でも、クラスは別だし、昼食を並んで食べることは少なかった。

きっとさやかは友だちと食べてるんだろうと思って、裕斗はいつも気分転換をかねて中庭に出ていた。

「どこかで食べようかなって歩いてたら、裕くんが見えたの。今日は……先輩がいないみたいだったから」

「友朗(ともあき)先輩は……今日は来てないな」

裕斗が中庭でパンを食べる理由はもう一つある。二つ上の親しい先輩が、昼休みになると裕斗に声をかけてくれるのだ。

「友朗先輩、ちょっと怖いんだ」

可愛らしい弁当箱を広げ、中身を行儀よく食べながらさやかが言う。

「みんなそう言うよなぁ。話してみるといい人だよ」

「ううん、裕くんにだけ優しいんだよ」

そんなことないと思うけどな……と言いかけて、裕斗は「あっ」と声をあげた。

噂をすれば影、とでもいうように、話題の伊藤友朗がこちらに向かってくるのが見えた。

さやかもそれに気がついたのか、わずかに身体をこわばらせたのがわかった。

「よ、裕斗。今日は彼女といっしょか」

「彼女じゃないですよ」

ベンチの前にたどり着いた友朗は、軽い調子で言ってから裕斗とさやかを見渡した。

さやかはその視線におびえたようだが、裕斗からすればいつものことだ。

「俺もごいっしょしていいかな？」

「いいですよ。ちょっと待って……」

裕斗が腰を浮かすと、さやかもそれにならった。裕斗のしようとしていることがわかったらしい。

二人は場所を入れ替え、さやかがベンチの端っこに、裕斗は真ん中に。その隣に友朗が腰かけるかたちとなった。

このほうが友朗もさやかも気兼ねしないだろうという、裕斗の気づかいだ。

「そういうことがすぐできちゃうの、彼氏って感じだよ」

「だ、だから、付き合ってないですよ。なあ、さやか?」

「うん……」

うぶな友朗と、急に口数の減ったさやかを横目で見ながら、友朗も自分のパンを食べはじめる。

しかし、さやかがいるせいか、いつものように軽快に話してはくれなかった。

この三年生の先輩は、どうにも周囲から浮くというか、悪目立ちしているところがあった。

規則を守る生徒の多い中で、染髪しているらしい明るいヘアスタイルは校則違反ではないかと囁かれていたし、その見た目どおりに素行が悪いという噂もちょこちょこと耳に入る。

(でも、なんだか妙に俺を気にかけてくれるんだよな)

校内で会うたびに明るく挨拶してきて、「なにかあったら言えよ」と肩を叩いてくれる。

中庭でいっしょにメシを食おうと誘い、教師やクラスメイトの話を面白おかしく聞かせてくれた。

真面目で目立つところのない裕斗とは正反対に見えるのに、なぜ友朗はあんなにかまうのか……と、クラスメイトは不審がっていた。

裕斗にとっても不思議なのだが、好意を向けてくれるのは嬉しかった。

「さやかちゃんは、裕斗のことどう思ってるの？」

「えっ！」

突然放たれた友朗の言葉に、さやかと裕斗から同時に声があがった。

「こんなに仲いいのに、付き合ってないんでしょ？」

「え……えっと、裕くんは、幼なじみだから」

「またまた。幼なじみでも、普通はこんなにいっしょにいないって」

さやかは透き通った肌を真っ赤にして、うつむいてしまった。友朗の問いに答えることなく、ちびちびと弁当をつついている。

裕斗はその顔の紅潮にどきどきしながらも、なんとかさやかをかばわなくてはとあれこれ考える。しかしどの言葉も形になる前に散りぢりになってしまう。緊張していた。

「さ、さやか、緊張しいだから。あんまりからかわないでください」

「裕斗も緊張してんじゃん」

「し、してません！」

声が裏返った裕斗を見て、友朗はけらけら笑った。

「ピュアだね、二人とも。でも裕斗さ、気をつけないと横からさらわれちゃうぜ。さやかちゃん、めちゃくちゃ可愛いからさ」

「もう、やだ……」

さやかが小さく言う。

裕斗にとってはいつもの先輩のからかいでも、さやかにとっては恥ずかしいのだろう。こういうところがあるから、さやかは友朗を苦手と思うのかもしれない。

「そういえば、今日なんですよね。あの、彗星の」

裕斗は慌てて話題を変える。

「そうそう、何十年かに一度だっけ、今日か明日に観測できるって言われてるな」

話題転換はうまくいった。

——ここ数週間、世間はこの話題で持ちきりだった。

なんでも数十年に一度しか観測できない彗星が、近々現れるという話だった。

裕斗たちの住む町からはいっそう大きく見えるだとかで、テレビのニュースでは毎日「彗星まであと何日」なんてカウントダウンをしている。

明日から夏休みという絶好のタイミングなこともあり、この学校でも観測を企てている者が多かった。

空は青いが、いつもどおりだ。

「本当に、今日の夜流れるのかな。今のところぜんぜん、そんな感じしないけど」

「オカルトっぽい噂も流れてるぜ。彗星を間近で見ると、身体を宇宙人に乗っ取られるとかなんとか」

「あはは、なんですかそれ」

……実は今夜、裕斗はさやかと二人でこの彗星を観測する約束をしていた。

だが、それを教えたらまたからかわれるに違いないので……ただ楽しみだとだけ言って、昼食を口に詰め込んでいく。

彗星の観測予報は十九時から二十時ほどと言われていたが、裕斗とさやかは帰宅してすぐ、裕斗の家に集まっていた。

ちょうど今日は共働きの両親が遅くなる日だ。子供の頃から家族付き合いのある二人だから、どちらの両親も夜までいっしょにいることをとがめたりしない。

なにより明日から夏休みというのが、周囲の人間の気持ちをゆるめていた。

夕飯はなにかデリバリーでもとってね、とだけ言って仕事へ出ていった母のことを裕斗はぼんやりと思い返す。

(信用されてるっていうのも、変な感じだよな……)

親しいといっても男女のことだから……なんてふうにちょっとは思ったりしないのだろうか。

(俺たちってそんなに、ただの友だちって感じに見えるのかな)

そう考えると、複雑だった。

確かにさやかとは長い付き合いだが、夜までひとつの部屋で過ごすなんて子供のとき以来のことだ。

裕斗はひそかに、さやかとの仲が進展するのを期待していた。

当のさやかは今、裕斗のベッドに腰かけ、レンタルしてきたという映画のＤＶＤに夢中になっている。その表情は真剣そのもので、観ながらおしゃべりという雰囲気じゃない。

難解な洋画の内容にちょっと飽きてきた裕斗は、無防備なさやかのことを……ちらちらと盗み見てしまう。

（さやかって、けっこうスタイルもいいんだよな）

セーラー服も似合うが、私服もいつも可愛らしい。

今日は真っ白いカットソーに膝丈のスカートという、この年代の女の子にしてはシンプルな装いだったが、それがさやかの清楚さを引き立てていた。

飾りの少ないカットソーを、いつの間にか膨らんできた胸がつんと押し上げている。下にあるブラが透けたりしないか、裕斗は知らず知らずのうちに期待してしまう。

（お尻も……）

裕斗がさやかの身体の中で一番心惹かれるのは、ヒップラインだった。

今は布地に余裕のあるスカートのせいでわからないが、さやかのお尻は大きい。少女らしい細身のボディと、膨らんでいるとはいえ人並みサイズの胸に比べて、臀部は必要以上に発育している印象を受けた。

それを実感したのは、中学生のときだ。その頃はクラスがいっしょで、体育の授業の時間にさやかのブルマ姿を見ると、裕斗は胸がざわついた。

厚い布地が裂けそうなくらい張りつめたお尻が揺れるたび、股間がうずうずしてくるし、その姿を他の男子生徒も見ているのだと思うと面白くなかった。

（さやかも気にしてるっぽいよな、大きいお尻）

子供の頃は小さいスカートやぴたっとしたスパッツなんかを穿いていたのに、今ではやたらと布地に余裕がある、臀部のラインが見えないような服を選んでいるように思えた。

けれどもそうやって隠されれば隠されるほど、気になってしまうのが男心というものだ。

「……ふぅっ」

そんな観察を続けていると、ふいにさやかが息を吐いた。慌てて画面を見ると、エンディングのスタッフロールが流れだすところだった。いつの間にか映画は終わっていた。

「面白かった！」

うーんと伸びをしながら、さやかは楽しそうに言う。

「面白いかなあ。けっこう退屈じゃなかった？」

「もう、裕くんにはこのわびさびがわからないんだねー」

「大人ぶるなよ」

「裕くんよりも、気持ちが大人だもん」

さやかが勝ち誇った顔をする。実際のところ、さやかの小説や映画の趣味は、裕斗や同年代の学生よりも大人びているところがあった。

さやかと知り合ったのは裕斗が幼い頃、両親の仕事の都合でこの町へ引っ越してきたときだ。ちょうど同年代の子供──さやかがいるということで親同士が仲よくなり、しょっちゅう顔を合わせていた。

小中と通っている学校もいっしょで、さらに仲は深くなった。

しかし、おおらかな裕斗の親に比べて、さやかの両親──特に母親はさやかの成績に厳しく、うっかりさやかの家で宿題をやろうものなら裕斗まで採点され、泣かされる羽目(はめ)になった。

そのおかげもあってかさやかは常にテストの点数が高く、担任からの評判もよかった。

「裕くん、同じ学校に行けるといいね」

さかやがそんなことを言い出したのは中学二年くらいの頃で、それが自分と裕斗の成績の差を意識してのことだと知って、裕斗は焦った。

そして……さやかと離れたくない、さやかと釣り合う男になりたいと思っている己(おのれ)

を自覚し、同時に恋心にも気がついた。

さやかと志望校を揃え、必死の努力で受験に挑んだ結果が出てくれたのが、まるで奇跡のように思えてくる。

(でも……まだ告白、できてない)

いっしょの高校に受かったら告白するんだ、と思ったら合格通知が届いた。

いや、入学したら告白するんだ、と予定をずらしたら数カ月たった。

お互い学校生活になじんできたら、とさらに延期して、気がつけばもうすぐ夏休みに突入しそうだった。

いつまでもへたれていてはいけない、と気持ちを引き締めた裕斗が選んだのが、今日の彗星観測だ。

本当に彗星が流れてくれたら、お互いに気持ちが高揚してはしゃぐに違いない。わいわいと喜び合って、身体の距離も近づくだろう。そのロマンチックな瞬間を狙えば、さやかも告白をOKしてくれるかもしれない。

それに流れる星にも願いを聞いてもらえるわけだ。さやかと付き合えますように……という想いを。

(今日こそ告白する!)

裕斗は改めて、胸の中で決意を固めていた。

だんだんと夕暮れの空に、暗い色が混ざりはじめていた。時刻は十八時くらい。予測されている時間までもうすぐだった。

「ねえ、裕くん。今日、友朗先輩が言ってたこと……」

緊張する裕斗の気持ちを知ってか知らずか、さやかがふと切り出してくる。

「いつも、ああいうこと聞かれるの？」

「ああいう……って」

「私と裕くんが、付き合ってるのか、とか……」

（さやか……ちょっと赤くなってる？）

色白の頬が、わずかにピンク色になっているように見える。それを目にして裕斗まで緊張してしまう。

「か、からかってるんだよ。男女の幼なじみって、あんまりいないみたいだから」

「そうなのかな……裕くんはどう思う？」

「ど……どうって」

――ドキン、ドキン、ドキン……。

裕斗の心臓が、急に早鐘を打ちはじめる。

確かに今日、告白しようと思っていた。でもまさか、さやかからこんなふうに話を切り出されるというのは予想外だ。

それも、どう思う……なんて、さやかの真意がわかりかねるかたちで。

「私と付き合ってるって言われて、どんな気持ち？」

畳みかけられ、さらに言葉に詰まってしまう。さやかの気持ちが知りたくても、彼女の顔に視線を合わせることもできない。

うつむいて、汗がじわりと滲むのを感じて、自分が首まで熱くしていることに気がついて、それをさやかに知られたらどうしようとさらに焦る。

「お、お……俺は」

固唾を飲む。もしかしてとんでもないチャンスなんじゃないか。彗星はまだだけど、そんなものを待つより、今すぐここで勢いに任せて……。

「待って」

しかし、再びさやかが口を開いた。

「裕くん！　空！　窓の外、見て！」

「えっ？！」

慌てて顔を上げてさやかと同じほうを見る。

朱と紺色が交わる空を突っ切るようにして……目に痛いくらい真っ白な光が降り注いできていた。

2

（さやかともっと……仲よくなりたい！　今の関係から、もっと先に進みたい！）

まばゆいばかりの彗星が流れた瞬間、とっさに裕斗は強く願った。

話題の彗星と言っても、せいぜいが大きな流れ星程度。そう思っていたから、接近する明るい怪異にも臆さなかったのだ。

だが……。

「なんだ……うわ、あ、うわあああああ……」

真っ白な光に包まれた瞬間、そんなふうに叫んだ自分のことを裕斗は覚えている。

突然体がふわっと浮いたようになって、重力や空気抵抗、そういったものすべてから解放された気持ちだった。

でもそれも一瞬で、すぐにまた肉体の重量というものが戻ってきて……そして、がたんと硬い地面に叩きつけられる感触。

（さやかは……さやかはどうなってる!?）

この不可思議な光と感触に、隣にいたはずのさやかはいったいどうしたのか。

（さやか……さやか！）

叫ぼうとしてもうまくいかない。声が出ない。

喉が急に細くなってしまったような感じがした。

「あ……あ」

かろうじて出せたそんな小さな声は……いつもの裕斗のものではなかった。

「ん……？」

同時にどんどん意識がはっきりとし、肉体が自由に動くことを確認する。

「さっきのは……なんだったんだ。彗星は……？」

窓の外を覆い尽くした光は、いつの間にか消え去っていた。

一瞬ぼうっとしそうになるが、裕斗はすぐに我に返った。

同じ部屋にいたはずのさやかの姿を慌てて探す。

「え？」

そしてさっきの自分と同じように、フローリングの床に倒れ込んでいる存在に気がついた。

だが……それは、あまりに奇妙だった。

倒れているのはさやかではなく、見覚えのある少年だった。

「え……待って、お……」

何度も着たことのあるTシャツとジーパン。

朝になると歯磨きと洗顔で嫌でも目に入る顔、髪型。

「お……俺!?」

間違いない。目の前に倒れているのは、八木裕斗そのものだった。

「ん……」

思わず叫んだ裕斗の声に反応してか、倒れている裕斗の瞼がもぞもぞと動いた。

そのままゆっくりと瞳が開き、身体に力が入ってゆき、裕斗の姿をした彼はむっくり起き上がり……。

「え……わ、私!?」

そして、裕斗と同じような反応で驚愕していた。

「裕くん、おさらいするね。いい？」

「う、うん」

目の前の八木裕斗……の身体をした者が、ついさっきの出来事を取り急ぎまとめたメモを読み上げる。

「私、古川さやかと……八木裕斗の身体……ううん、中身が、入れ替わってる」

そう。

信じられないが、裕斗は今、さやかの身体に……いわゆる魂が、入ってしまっている状態らしいのだ。

目の前の裕斗の姿をした者には、さやかの魂が。

ふたりの中身は、そっくりそのまま入れ替わってしまった。

「信じられないけど……そうみたいだな」

そう口にした己の声はさやかのそれだ。可愛らしいソプラノボイス。

「私たち、流れた彗星を見た瞬間に意識がなくなって……目が覚めたときには、入れ替わって倒れてた。ここまで、オーケー？」

「うん」

こんなきてれつなことが起きているのに、さやかは冷静だった。

その様子を見てどうにか裕斗も落ち着きを取り戻していたが、話を進めるのはさやかだ。

「原因はわからない。ただ、今のところふたりとも健康状態には異常なし」

頷(うなず)く。

「でも、すぐに戻ってくれそうな感じでもない……」

そのとおりだった。

ここに至るまでに二人で互いのほっぺたをつねり合ったり、痛いのを覚悟で頭をぶつけ合ったりしてみたが、まるで変化がない。

「こんなの、親に言っても信じてもらえないよな」

「うん。特に、私のお母さんは……超常現象とか、幽霊とか、そういう非科学的な話が大嫌いなの。言っただけで怒られちゃいそう」

「それは、確かに……」

あのおばさんなら、ふざけるのはやめなさい——なんてぴしりと言ってきそうだ。

裕斗の両親だって、すんなり信じてくれるとは思えなかった。

「悪いほうに考えると……頭がおかしくなったって思われて、病院に連れていかれたりするかも」

「……ありえる」

最近は受験疲れとか、不登校とかで、子供に心療内科を受診させるケースなんかもあるっていうし……なんて、裕斗は裕斗なりにあれこれ考える。

心身ともに健康な裕斗には遠い世界のことのように思えるが、とにかくそういうものがあるというのは知っている。

「裕くん、あのね……」

さやかは──裕斗の顔で、言いづらそうにうつむく。

「なんだよ、言ってみてよ」

逆に裕斗は、さやかの声と顔でそう語りかける。

「うちのお父さん、今、会社で昇進がかかった取引をしてるの。それで、家のことでよけいな心配をかけさせちゃダメって言われてて……」

「ああ」

さやかの不安そうな態度を理解する。

「そっか。急にさやかが変なこと言いだして、病院なんてことになったら……」

「うん。お母さんに怒られるだけじゃ、すまなくなっちゃう」

姿こそ裕斗だが、不安そうなさやかを見ていると裕斗も悲しくなってくる。

「よし。じゃあ、このことは秘密にしよう」

さやかを元気づけるつもりで、裕斗は……さやかの肉体の、膨らみかけの胸をぐっとそらせて張った。

「俺がさやか、さやかが俺のフリをして、元に戻る方法を探そう」

「裕くん！」

その言葉に、さやかの顔はぱっと明るくなる。

「ありがとう。ごめんね。裕くんだって混乱してるのに」

「平気だよ」

裕斗がそう言いきってしまうと、さやかはぐっと意を決した顔で、メモになにかを書きはじめた。

「こんな感じでどうかな？」

さやかが箇条書きにした文章をのぞき込む。

『家族や友だちとのやりとりは、できるだけ事前に二人で打ち合わせする』

『宿題はそれぞれ……中身の名前でやって、あとで交換。成績が急に上がったり下がったりするのを避ける』

『スマホは元の自分のものを今までどおり使って、家庭に関わる連絡がきたら、相手に知らせる』

「おおっ、ばっちりだよ。これなら平気じゃないかな」

こんなふうに取り決めておけば、慌てることも少ないだろう。

「明日から夏休みで助かったな。普通に登校してたらどうなるかわかんないよ」

「そうだね……不幸中の幸いかな」

さやかは裕斗の顔でうんうん頷いた。

「頑張って元に戻る方法を探そう。うちにお父さんのお古のパソコンがあるの。ネットにつながってるし、それを使ってくれない？」

「そっか。ネットで……似たような体験談とか、探せばいいんだな」

「うん。私は図書館……あの、民俗学研究の施設といっしょになってるとこ、あそこをあたるから」

「わかった。頑張ろ」

裕斗は再び胸を張る。

さやかはまた裕斗の顔でほっとしたようになって——けれどもその表情は、すぐに不安や焦りといったものにかげってしまう。

さやかの前だからと気丈に振る舞っているが、内心裕斗も不安だった。

『彗星を間近で見ると、宇宙人に身体を乗っ取られるとか』

昼休みに友朗が話していた、オカルトめいた怪談が……頭の中をよぎっていた。

「はぁ……」

——そして取り決めどおり、さやかの肉体に入ってしまった裕斗は、彼女の家へと〝帰宅〟したのである。

3

あのあと二人は、不安を取り去るように宅配ピザを頼んで食べた。

そのときから裕斗は、自分がさやかの肉体に入ってしまったということを強く意識しだしてしまった。

チーズのたっぷり乗せられたピザは、育ち盛りの男子学生である裕斗の身体では、ふだんなら大円の半分ほどはぺろりと平らげてしまう。

それがさやかの細い身体に合わせた胃袋となると、一ピースをかじり終える頃には苦しくなりだしていた。

逆にさやかは「いつもよりおいしく感じる」なんて言って、ふだんの裕斗と変わらない量を食べていた。

「俺、本当にさやかに……女の子になっちゃったんだ」

さやかの部屋でぼそりとつぶやいてみる声も可憐な響きだ。

幸いさやかの両親はまだ帰宅しておらず、古川家には裕斗ひとりだ。

「あ、そうだ……風呂」

そう口にして……胸がどきどきしだしているのを、裕斗ははっきり自覚した。

(さやかの身体で……風呂に入る？　裸を……見る？)

ドクン、ドクン……心臓がどんどん高鳴ってくる。

仕方のないことだ、さやかだって俺の身体であれこれしているはず……そうは思うけれど、高揚は止められない。

ずっと好きだった、子供の頃からの幼なじみ。

その裸体を、まさかこんなかたちで……。

「……って、ううん、ダメだって」

ついさっき別れ際に、さやかに言われたことを思い出す。

「ないと思うけど、いちおう！　私の身体でヘンなことしないでねっ。私もできるだけ裕くんの身体、いじらないからっ」

そう釘を刺されたのだった。

(さやかとの約束、守らなくちゃな)

がしかし、やはり入浴はすべきだろう。
薄目で身体を洗って、鏡なんかを見ないようにすれば大丈夫——裕斗は自分にそう言い聞かせ、どぎまぎする気持ちで古川家の脱衣所へ向かった。

「あっ……」

洗面台に並べられた歯ブラシの中で、どれがさやかのものか——なんてことをチェックしている最中、裕斗はふと鏡に映る己に釘付けになった。

(——可愛い……)

そこには、古川さやかの可憐な顔が大写しになっている。
長い睫毛に、くりっとした瞳。
そっと色づく唇と、うっすら開いたそこから見える真珠のような歯。
美少女を体現したかのような存在が、今、裕斗の眼前に迫っていた。

「さやか……本当に、きれいだ」

いくら親しくても、こんなに間近でさやかの顔を見たことはない。
これほど距離が近づくことはなかなかないし、なにより恥ずかしかった。
なのに今は……まったく気後（おく）れも照れもなく、さやかのこの美しい表情を……好きなだけ眺めることができるのだ。

（お、落ち着けよ。中身は俺なんだから）

色気もなにもない男が入ってるんだから……。

そう言い聞かせようとしても、鏡から視線を外すことができなかった。

裕斗はそっと、さやかの……今は自分のものでもある頬に指を沿わせた。

「柔らかい……すべすべ」

朝や夜、裕斗の肌をごしごしと洗うときに触れる感触とはまったく違った。

少女の頬は、吸いつくような柔らかさがある。

すっとフェイスラインをなぞると、なんの引っかかりもないなめらかさで指が滑っていく。夢中になりそうだった。

ごくりとつばを飲み込んだ瞬間に、喉が動く様子すら可憐だった。

「…………」

沿わせた指を、そのまま唇へと移動させる。

肌とはまた違った弾力と、ほんの少し高い温度が裕斗の気持ちをさらに昂(たかぶ)らせていく。

（少しだけ、少しだけ……）

指を下唇に移動させると、静かに唇を開く。

純白の歯列も開けさせて——その奥から、ぬらりと舌を突き出してみる。

「ああっ……！」

その可憐ながらも淫猥な光景に、裕斗の興奮はますます深くなっていく。

ローズピンク色の粘膜が、美少女の唇をぺろりと舐めて——唾液でわずかに湿らせていく。

それは今まで裕斗がこっそり見てきた、どんなグラビアアイドルやアダルト動画よりもリアルで淫らだった。

品のいいさやかは、人前で舌を出すようなことは絶対にしない。

なのに今は、裕斗の……自分の意志で、自分の唇をぺろぺろと舐めている。

「あっ……？！」

その様子に夢中になっていくうち、裕斗は身体を襲う違和感に気づきだした。

おへその下あたりが、もぞもぞと疼きはじめている。

（なに、なんだ……これ……）

その疼きはどんどん強くなり、全身の肌を粟立たせていく。

「たまらない」「狂おしい」そんな感情が、裕斗の身体の中をぐるぐると回っているようだった。

似たような感覚は味わったことがある。勃起だ。

ただそれは、もっと鮮烈ではっきりとしている。全身がカッと熱くなったかと思うと、血流が一気に股間に流れ込んでいくイメージだ。

だがいま裕斗の身を包んでいるのは、もっと焦れったく、もっとまどろっこしく、そして勃起よりも遥かに大きな興奮を伴う劣情だった。

やがてそのウズウズは全身を回りつくしてしまうと、また下腹部に戻ってきた。

「んんっ……！」

思わずか細い、しかし発情の声がこぼれてしまう。

下半身が大きく震えた次の瞬間、裕斗の——さやかの股間の割れ目が、ぢゅわりと湿る感触があった。

「これって」

裕斗は思わずスカートをまくり上げそうになる。

すんでのところでさやかの言葉を思い出して手を止めた……止めたが、結局無駄だった。ゆっくりとスカートの中に手を入れ、下着の上から秘唇を探るように、指を動かしてしまう。

「ああ、やっぱり……」

実感した瞬間、また例のぞくぞくが始まった。裕斗の全身を、狂わせるような発情の感覚が駆けめぐる。

（オマ×コ、濡れてる……！）

下着の上から、そっと触れるだけでわかった。男の下着にはない、女性用ショーツのクロッチとかいう部分が……ねっとりと、熱い蜜で湿っていた。

さやかの姿を見て、裕斗としての自分が興奮して……さやかとして身体を反応させている。

倒錯的だった。めまいがしそうだ。

「すこし……ほんとに、少しだけ……」

自分に言い訳するように呟きながら、裕斗はさやかの割れ目に指を這わせた。

「あっ……あぁっ！」

瞬間、電流が走ったかのような衝撃に身を打たれた。

ただ下着の上からそっと触れただけなのに、想像もしなかった快楽が襲いかかってきた。

刺激が強すぎるのではない。あまりに男とかけ離れた、異次元な感覚だったせいで、裕斗は一瞬、自分になにが起きているのか理解できなかった。

思わず指も離してしまっていた。

（もう一回。確かめるだけだから……）

再度心の中で言い訳して、また下着越しの秘裂に手を伸ばしたときだった。

「さやか、帰っているの？」

「ひっ！」

今度は驚きと緊張で全身が跳ね上がった。

（お、おばさん、帰ってきたんだ）

さやかの母の声と、同時にリビングのドアを開く音。そこに娘の姿がないのを確認したからか、廊下を歩いてくる足音もする。

「た、た……ただいまっ！　今、お風呂に入るところだったの」

「あらそう」

閉じられた脱衣所の扉のすぐむこうに、さやかの母がいる。

（落ち着け……今、俺はさやかなんだから）

いくらそう思おうとしても、早鐘を打つ胸を抑えられなかった。

「お風呂から出たら、いろいろ聞かせてちょうだいね。すごかったわねえ、まさか本当に、あんな大きい流れ星」

「う、うん……あとでね」

不自然にならないところで会話を切って、裕斗は慌てて服を脱ぎだした。

そのときばかりは、さやかの裸を見てはいけないなんて葛藤している余裕もなかった。彼女の服を脱ぎ捨てることへの感慨も消えて、ただ浴室へ逃げようとする焦りだけで動いていた。

「あっ！」

だが明るくライトアップされた風呂場に入り、そこにある縦長の鏡に全身が映ったとたん、裕斗の意識は再び淫らな驚きへ呑まれていく。

(──さやかの、裸……)

鏡に映った、とびきりの美少女の華奢な裸身。

裕斗はふらふらとその姿に近づいて、思わず鏡にぴたりと手を添えてみた。

「す、すご……」

浴室の照明を受けて、白い肌は輝かんばかりだった。

傷もシミもひとつもない、陶磁器のようになめらかなもの。

なのに、忘我の状態で裕斗が自分の腕に触れてみるとしっかりと温度があり、手の皮膚を優しく受け止める柔らかさに満ちている。

最初はその美しさに目を見張り、なにか、打ちのめされたようになりながら頬や己の腕を撫でていた。

「さやかの……胸……」

やがて視線が首、鎖骨と下りて乳房に行き着くと、裕斗は改めて胸をどきどきさせた。いけないことをしているという感覚もよみがえってくる。

でも、もう止められなかった。

固唾(かたず)を飲み込んで、さやかの……長年思いつづけた少女の乳房とその先をじっと見据えた。

「あ……わ、あ」

膨らみかけ、周りの女子とそんなに変わらないサイズ。

そんなふうに思っていたさやかの胸は、実際目にしてみるとけっこう大きかった。

いや違う。バスト自体はさほど豊満ではない。

ただ、少女の乳房を初めて生で見た裕斗からすれば、それはどんな女のものよりも大きく、美しいものに見えた。

「すっごい……乳首、こんな……ピンクなんだ」

優しい丸みを帯びた乳房の中心に、コーラルピンクの乳輪が咲いている。

裕斗が想像していたよりもほんの少し黄色っぽいピンクは、真っ白い肌と合わさるとえもいわれぬコントラストだった。

「エロ……うわ、う、うわ」

思わずそんな、短慮もいいところな声がこぼれてしまう。

「あ……ち、乳首……んんっ……!?」

食い入るように鏡の中の乳房を眺めていると、また急な変化が裕斗を襲った。

全身がぞくりとする、あの狂おしい感覚が再び襲ってきたのかと思うと、急に裕斗の胸の先がキュウッと尖(とが)りだしたのだ。

慌てて鏡から目を離し、視線を下ろして直接乳房の先を眺める。

間違いなく、可憐な乳首が勃起を始めていた。

(さ、さやか……)

一瞬ぎゅっと目をつぶると、さやかの顔が浮かんだ。しかし今は目を開いて鏡を見ればまたその顔がある。

今、俺の身体は間違いなく女の子。さやかだ。でも……さやかの身体にこんなに興奮してしまっている。まぎれもない男だ。八木裕斗そのものである。

そんな目でこの、大好きな幼なじみの肉体を眺めることへの罪悪感は当然あった。約束だってした。お互いの身体で、変なことをしてはいけないと。

(でも、こんなの……我慢できないよ)

さやかだって、きっと俺の身体で風呂に入る。そのときに裸を……股間だって見るはずだ。あんな顔してても、たぶん男の身体にはそれなりに興味があるはず。だったらこれは……お互い様だ。

裕斗は自分に言い聞かせた。もう、一度ラインを超えてしまった欲望と好奇心を抑えることはできなかった。

「あんっ……」

そして意を決して、ゆるゆると隆起する乳首を指で摘んだ瞬間、甘い声がこぼれだしてしまった。

さっき下着越しに秘唇に触れたときとは違う、じんわりと伝わってくるような優しい快感だった。

胸の先で膨れる甘ったるい疼きが、指で摘んだり、はじいたりすることで乳房全体に流れだしてゆく。

「んんっ……ふ、ふぁ、あぁっ」

その疼きは、乳首への刺激を続けるたびに大きくなっていく。

流れつづける穏やかな快楽が、やがて乳房よりも奥……下腹部のほうめがけて少しずつ溜まりだしていた。

(また……また、あのぞくぞくするのが来る……)

予感めいたものがある。

(オマ×コ、濡れちゃうんだ……っ!)

そう考えたときのあまりに甘美な脳の痺れと、それを追いかけるようにやってきた秘唇が湿る実感は、裕斗の……さやかの身体をくなくなと砕けさせてしまった。

「だ、だめ……」

風呂椅子の上にへたり込みながら、うわごとのように言ってしまう。

(これ以上さやかの身体をいじっちゃだめだ)

さやかを裏切るだけではない。自分自身がどこか、戻ってこられない遠いところへ行ってしまう気がした。

「んくッ……でも……でも」

でも、未練がましく裕斗はさやかの身体をまさぐってしまう。

熱く潤んだ粘膜を暴きたいという欲求を、消すことができなかった。

「ああっ……さやかの、お……」

そして意を決して目を見開き、己の下腹に視線をやって驚いてしまう。

さっきまで無意識に視界に入れるのを避けていたおへその下には、白い肌と強いコントラストを描くかのように黒い茂みがあった。

なだらかに盛り上がった恥丘の先、クレヴァスを隠すかのようなあえかな陰毛は触れてみると、濃い色に反してとても柔らかかった。

(さやかの……毛、こんななんだ……)

改めて感動までしてしまう。

裕斗がさやかの裸を思い浮かべたことが、ないと言えば嘘になる。

けれどそれはどこか抽象的でふわふわとぼやけていて、さやかの顔をした、なにか肌色で温かなもの、くらいの想像でしかなかった。

こんなふうにしっかりとおっぱいがあって、乳首が隆起して、恥毛まで生えて……なんてことは考えられなかった。

今日一日で、今ほんの数十分で、自分はどれだけさやかの中に踏み込んでしまったのか。知ってはいけないことを知ってしまったのか。

罪悪感がちくちくと裕斗の胸をつつく。

しかしその痛みは、裕斗の好奇心を殺してはくれなかった。

「あんっ……あ、は……ああっ……！」

さっき下着の上から触れた秘裂に、今度は直接触れる。

（あれ……こっちのほうは、毛、生えてないんだ……）

黒い繊毛が覆うのは表面だけで、敏感な割れ目のあたりは肌がむき出しだった。

裕斗が指でなぞると、溶けてしまいそうなくらいなめかな皮膚と、温度のある蜜液がとろりと垂れてくる頼りない感触が伝わってきた。

「あふ……ん、ここ……んっ、さやかの、オマ×コッ……」

粘液を指でかき分け、熱い割れ目をゆっくりなぞっていく。

濡れた女性器に触れるという初めての経験が裕斗を興奮させていたが、それ以上の期待が手を進ませていた。

「ふぁ、あぁ、あ……ん、気持ちいいとこ……探しちゃう」

不思議だった。

この身体に触れるのは初めて。女の子になってしまうなんていうのも初めてだ。

なのに裕斗の中には、確信を孕(はら)んだ予感がある。

（たぶん、このへん……ここをいじりつづけたら、気持ちよくなれるって……）

子供の頃、初めて自慰を覚えたときと同じだ。

己の身になにが起きているかわからないのに、ただ快感だけを求めて手を動かしつづけてしまう。

(お、女の子も……オナニー覚えるときって、こんな感じなのかな)

そこではっとする。

「さやかも……オナニー……してたのかな」

裕斗が思い浮かべるのは、ぼんやりとしたさやかの裸だけ。

大きなお尻や膨らみかけのバストに想いを馳せても、さやかが淫らなことをするとか、自分と……男の身体に触れてどうこうする踏み込んだ想像はしなかった。

(たぶん、してた……だって……)

こんなに敏感な身体なのだから。

今も割れ目をつうっとなぞるだけで、全身が崩れ落ちそうなくらいに気持ちいい。

この感覚に逆らえる人間なんて、きっといないはずだ。

「はぁっ……あっ！　あぁっ、ここっ！」

やがて裕斗の指は、さやかの一番敏感なところを探り当てた。

にちゅにちゅとクレヴァスをかき分けて、現れた割れ目の頂点にある尖った場所。

「くふぅっ……あぁあんっ、あぁ、あぁっ……！」

思わずここが浴室であることも、外にさやかの母がいることも忘れたような声が出てしまう。それくらい気持ちよかった。

肉でできた小粒の真珠のような、ころりとしたところ。そこを濡れた指でゆっくりなぞると、尾てい骨が砕けてしまいそうな刺激と震えが走った。

（これって……クリトリス、ってやつだよな……？）

ぼんやりとした知識としてある、女の弱点。

さやかのそこに今、自分が触れている——その実感は、裕斗をさらに興奮させた。

「んふぁ……はぁん、あぁっ、あぁあぁっ」

もはや手指の動きは、裕斗の意志を離れつつあった。気持ちよさが増すことを求めて、少しずつ加速していく。

「すご……い、んっ、女の子って、こんなに……気持ちいいんだ……！」

クリトリスを指で優しく擦る感覚は、しいて言うならペニスの先に触れたときに似ていた。

充血したむき出しの亀頭に指の輪っかをくぐらせる、男の自慰のときのあれだ。

けれども今の刺激は、それよりずっと強い。

亀頭より範囲が狭くなったぶん、快感が凝縮されているようだった。

「はぁんっ、あん、だ、ダメぇ」

甘美な心地よさが続いて、本当に女の子になってしまったかのような声が漏れだしてしまう。

それを情けないなんて思う余裕もない。裕斗の身も心も、襲いくる強い破滅の予感に囚われていた。

(や、やめないと……よくないのがきちゃうっ……)

どんどん強くなる快楽は、限界だと思っていたところを軽々越えていく。

男のオナニーであれば、あとは「出したい」という吐精の欲求に身を任せるだけだ。すっきりしたい、というある種の解放を求める気持ち。

でも女の子のそれはまったく違った。体の中でどこまでも膨れていく甘い疼きが、全身を震わせかき乱していく。

「おかしくなっちゃうよぉっ、いやぁ、あんっ、あぁダメなのにぃ」

こんなことを続けていたら、取り返しのつかないことになる——そう思うのに、もう手は止まらない。

執拗にクリトリスを撫でつけ、いつの間にか左手で乳首を摘んで、不慣れながらもどん欲に快感を追い求めていく。

「あぁっ、くぅ、い、イク……」

口にした瞬間にはっとした。

「イク、イクっ、あぁっ、あぁぁぁぁ……！」

そして次の瞬間には、意識がぱっとホワイトアウトした。

快楽の膨らみが勢いよくはじけて、全身に散逸していく。

触れていない膣穴の奥から、ごぷりと濃いものが溢れた感触。

そして身体がふわっと浮くような陶酔と満足がじんわりと広がって、そして少しずつ……風呂椅子にへたり込む自分へと現実感が戻ってくる。

「はぁっ、はぁっ……あぁ……い、イッちゃった……んだ」

さっき口走った予感は本当だったのだ。

「……んんっ！　はぁ……！　これが、女の子の……オナニーなんだ」

ふらふらする身を支えながら、ぼうっと呟いてしまう。

(こんなに……違うなんて)

男と女で、こんなに感じ方に差異があるとは思わなかった。

(それに……なんか、まだ、ムズムズする……)

ふだんは射精を終えてしまえば、虚しさといっしょに冷静さが戻ってくるのに。

今のこのさやかの身体は、まだうずうずと熱を持て余しているようだった。

——きっと今また触れれば、もっと気持ちよくなれる……。

そんな確信めいたものまである。

「いや……でも、これ以上はダメ……」

それにあまり風呂場に居つづけて、おばさんに不審がられても困るし。

裕斗は疼く身体をどうにか持ち上げて、さやかのものと思われるピンクのボディスポンジを手に取った。

第二章　メス疼き

1

「はぁ……」

裕斗とさやかの肉体が入れ替わって、二週間が経過しようとしていた。

幸い親や周りの友人には怪しまれることなく、日々を過ごすことができている。

だが肝心の、二人の身に起こったこの現象の正体は摑めないままだった。

自然に元の身体に戻るようなことも期待できなさそうだ。

「ないよなぁ、こんなの……」

さやかの家にある、父のお古のパソコンを使ってネットの海を検索する。

「人間　肉体　入れ替わり」

「身体が入れ替わる　原因」

そんなワードで何度も試行錯誤するが、有益な情報にはたどり着けなかった。

ときどき長い記述があるサイトがあったかと思うと、男女の肉体転移をファンタジー、フィクションとして扱ったネット小説だったりする。

「みんな作り話だと思ってるんだよなぁ」

裕斗自身もそうだ。さやかと身体が入れ替わるまで、こんなことが現実に起こりえるだなんて思いもよらかなった。

（さやかは、なにか見つけられてるかな……）

裕斗に宣言したとおり、図書館や民俗資料館に通って文献をあたっているようだった。

さやかの調べ物が得意な性質を思い出して、希望を託しそうになるが、男女の身体の入れ替わり現象なんてものについて、ピンポイントに書かれたものが見つかる可能性はほぼゼロだろう。

「どうしたら……」

さやかの身体で行儀悪く足を組み、ノートパソコンをかたかたともてあそぶ。

写真や画像が保存されているフォルダを意味もなく開くと、「A」という短い名前がつけられたサブフォルダが目についた。

「あっ」

それを開いて、裕斗は思わず声をあげた。

一覧表示されたのは、いわゆるポルノ画像だった。

「……変なの見つけちゃった」

そう言いながらも、中身は思春期の少年だ。画像から目が離せなくなる。

綺麗なモデルがきわどい水着をつけているグラビア写真のようなものから、男女が交わっている卑猥な画像、アニメっぽい女の子が男に奉仕しているCGまで、とにかくたくさん集められている。

「これ、さやかが……？」

あんな清楚な顔をして、家ではこんないやらしい画像をたくさん集めて……？

（……いや！　いや、いや）

わからない。さやか曰く、これは父親のお古のパソコンだ。

もしかしたら彼女の父親が集めていたものを消し忘れたのかもしれない。

（さやかの父さん……あんな真面目そうな顔して）

どちらにせよ妙な気分になってしまう。

だというのに、裕斗はその画面から目を離すことができないでいた。

「こんなエロいの……」

視界から入ってくる直接的な刺激に、感じやすい少女の身体がすでに反応を始めてしまっている。

それは裕斗が、鏡でさやかの顔や身体を見て感じる、いとおしさと欲望が混じり合った甘美な感覚ではない。

もっと直接的で、それゆえに強烈な劣情だった。

(し……しちゃう、か?)

裕斗は自室の扉に目をやった。さやかの部屋のドアには鍵がない。

(今、リビングにおばさんがいるのに)

さやかの母が家事をしている音が、かすかに聞こえてくる。

けれども……下腹の疼きはどんどん激しくなっていく。

もはや無視できないほどに膨れ上がった欲望を、自慰で発散したいという気持ちが抑えられなくなってきていた。

(でも……我慢できない)

結局、裕斗は欲望に抗えなかった。

初めてさやかになった夜、我慢できず浴室でオナニーしてしまってから。こんなことはいけない、やめるべき……そう思うだけ思って、けれども、何度もさやかの身体で自慰行為に耽ってしまっていた。

しかし場所はだいたい風呂場で、鏡でさやかの肉体を見て我慢ができなくなるというのがいつものことだった。

こんな自室で、休日の昼間から股間をいじるというのは……今さらすぎるが、罪悪感がある。

(溜めすぎは、身体に悪いっていうし……)

それは男が白濁液を、という話で、女の子の身体に当てはまるかどうかはわからなかったが……。

とにかく裕斗は自分に言い訳をして、組んでいた足をほどくと、ゆっくりとスカートの奥に手を伸ばした。

「あ……はぁ、熱くなってる……」

ショーツの上からでも、敏感なクリトリスが疼きだしているのがわかった。

ここに触れられることを期待して、肉芽がはみ出しそうになっている。

（ま、また触っちゃうんだ。さやかのオマ×コ……！）

その倒錯した気持ちが、さらに興奮を強くさせる。

さやか……自分の身体で性感を得ながら、その事実に男……裕斗として興奮する。

この劣情の自家中毒のような感覚は、いつまでたっても慣れることがない。

小さく震えながら、こっそりと足から下着を抜き取る。

「あんっ……あんっ、あぁ、あぁんっ……」

いけないと思いながらも、秘唇をいじくる手は日に日に巧みになっていく。

最初は撫でるようにゆっくり触れて……。

（あっ……溢れてきた、オマ×コの汁……）

もどかしい刺激にぢゅわりと愛液が溢れてきたら、それを指ですくいとる。

そのぬるぬるになった指で、高められたクリトリスを包皮越しに撫でつけるのがたまらなかった。

「あぁっ……あんっ、あぁ、き、気持ちいいっ」

あられもない声もこぼれてしまう。

敏感な肉の粒が、可憐な指で柔らかくこねられてかすかに潰れる。

そのたびにぎゅっ、ぎゅっ、と、短い快感が裕斗の脳を突き刺していく。

「はぁっ、あぁ、見ながら……」

裕斗はなにかに急かされるように、もう片方の手でパソコンを操作した。

ざっと表示した淫らな画像の中に、さやかとそう歳の変わらなそうな女の子の痴態を見つけ、視線が釘づけになった。

「うっくぅっ、あっ、こんなふうに……」

セミロング髪の華奢な少女が、屈強な男に背後から犯されている写真だ。

(……!?)

ドクンと胸が高鳴る。

ほんの少し自分にわき起こった衝動に、裕斗自身がためらった。

〝この写真のように、男に犯されてみたい〟

そんな欲求が引き起こされたことが信じられない。

だってこれはさやかの身体だ。自分がずっと好きだった女の子の。

それを……自分が抱きたい、ではなく……。

「へ、変だよ……犯されたい、なんて……」

さまざまな感情がこんがらがった情欲だ。

だが、それを細かく精査している余裕はなかった。

今はただ、もっともっと気持ちよくなりたかった。

「あんっ、あっ、あぁ、あふぅ、はぁあぁっ……」

昇り詰めていく。くちゅくちゅと水音を響かせて、どんどんクリトリスを擦る手つきが激しくなる。

「い、イク、あぁっ、あっ、あ……」

あとひと擦りで絶頂するという逼迫した緊張感。

だが――。

「さやか、なにしてるの？」

「……！」

突然響いたドアノックの音に、裕斗は冷や水をかけられたようになった。

欲望は突然しぼみ、大慌てでノートパソコンの画面を閉じた。

幸いさやかの母が扉を開いたのは、裕斗が下着を引き上げてスカートを整えたあとだった。

「お母さん、ちょっと買い物に出てくるから」

「う……うん」

「……さやか、顔が赤いわよ」

裕斗の心臓がどきりとする。首筋のあたりから、ひやっと汗が滲みだす。

「まさかとは思うけど、変なことしてたんじゃないでしょうね」

そして、厳しい視線で射抜かれて動悸が激しくなった。

母の視線はついさっきまで娘が耽っていた行為を、はっきりと見抜いているようだった。

「変なこと、って……」

必死にそれだけ言ったが、口の中がカラカラに乾いている。

さやかの母は、そんな我が娘をまたいちだんときつい目で見て……。

「恥ずかしいことはしないでちょうだいね」

そう言って、部屋から出ていった。

本当に買い物に行ったのか、玄関ドアの開閉の音が聞こえた。

「……はぁ〜……」

淫欲はすっかり消え去っていた。

(おばさん、怖い……)

もともと勉強についてはスパルタだと知ってはいたが、しつけについてもこんなに厳しい人だとは思わなかった。

(さやか、ふだんはどうしてたんだろ……)

こんな敏感な身体を持て余して。

オナニーは今の裕斗のように、風呂場で見つからないようにこっそり……?

「……っ、だ、だめ」

想像すると、一度しおれたはずの欲望がまた燃え上がりそうだった。

2

気分転換に外出すると書き置きを残して裕斗は家を出た。

特に用事はないし、さやかの身体でできることはそう多くないが、部屋にこもりっぱなしで、役に立たないネットサーフィンをしているのは退屈だった。

電車に乗って、隣駅のゲームショップでも見て回ろうかと考える。

これも慣れないが、さやかの鞄から可愛らしいパスケースを取り出して電車に乗り込む。

(……あれ?)

電車に乗り込んで、そろそろ降りようとしたあたりで違和感に気がついた。

（あの人、さっきからついてくる……）

最寄り駅のホームからいっしょにいた、正直なところあまり近寄りたくない小汚い身なりの老人が後ろをついてくる。

白髪まじりの髭がぼうぼうの顔からは、その真意は汲み取ることができないが、裕斗の後ろにぴたっとついて、同じ駅に降り立った。

（あ、あれ……）

最初は気のせいかとも思ったが、ホームを降りるエスカレーターでも、改札を通るときも。

もう息がかかりそうなくらいの距離で、男はつきまとってくる。

「ちょっと……」

思わず文句を言おうと振り返って、裕斗はゾッとしてしまった。

薄汚い男は、ニヤニヤ笑って裕斗——年頃の美少女であるさやかに入った己（おのれ）のことを見つめていた。

どうしていいかわからない。

こんなのは裕斗の身体では経験したことがない。

なにかされたわけじゃないから、やめてくださいと叫ぶのもおかしい気がする。

「………」

戸惑いを楽しむかのように、男は不気味な笑いを続ける。そのまま、ただ裕斗をジッと見ている。

思いきって背を向けて歩きだそうとすると、男もその後ろをついてくる。

ただ、なにかをするわけじゃない。

それが気味の悪さを増幅させ、裕斗ははらはらと落ち着かない気持ちになった。

「ちょっと、いい加減に……ひっ！」

耐えられなくなった裕斗が再度振り返ると、男が両腕を振り上げた。

思わずびくりと身体を縮めるが、やはり男はなにもしてこない。

萎縮する美少女を見て楽しんでいるのだ。

「や、やめ……」

「おい、いい加減にしろよ」

裕斗の弱々しい声にかぶせるように、ビシリとした男の声が響いた。

「さっきから見てりゃ、アンタなにをしてるんだよ。女の子いじめて楽しいか」

（……先輩っ）

慌てて声のしたほうを見ると、私服姿の友朗がいかめしい顔を作っていた。

そして不気味な男は、友朗の姿を見るなりさっと退散していった。

裕斗はほっと胸をなでおろし、偶然だろう友朗との出会いに感謝した。

「ありがとうございます、先輩。なんか怖くって」

「いいや、災難だったね、さやかちゃん。痴漢に遭うなんて」

そこで裕斗は、あっと声をあげそうになった。

(そっか……俺、今、さやかなんだ)

友朗の姿を見た瞬間、完全にその認識が抜け落ちてしまっていた。

すっかりいつもの、裕斗としての自分で応対していた。

そうだ。さやかのような美少女の姿だから、あんな男に目をつけられる。

(……女の子って、大変だな)

今さらながら、そんなことを思ってしまう。

男として過ごしていると、一生わからない感覚だ。

「今、一人？　これからどっか行くの」

「特に用があったわけじゃ……」

裕斗がそう言うと、友朗はにっこりと歯を見せて笑った。

さっきの不気味な男とは対照的な、快活でハンサムな笑顔だった。

学校では友朗の悪い噂をときどき聞くけれど、こんなふうに対面していると根も葉もないものだと思える。

こうして、裕斗を通した浅い付き合いにすぎないさやかにも親切にしてくれる。

「なら、ちょっと付き合ってよ。いっしょに昼メシ食べない？」

「はい。助けてもらったし、俺――わ、私がごちそうします」

（財布の中身、大丈夫だったよな……？）

ファミレスかファストフードなら、二人分払っても大丈夫なはず。

鞄の中の財布に意識をとられていた裕斗がふと顔を上げると、きょとんとした表情の友朗がこちらを見ていた。

「意外。断られると思って言ったのに」

「えっ？」

「だってさやかちゃん、俺のこと嫌いみたいだったからさ」

その言葉で、ふだん友朗におびえた様子のさやかを思い出す。

（嫌い……じゃ、ないよな。ただ先輩のことよく知らないから、緊張してるだけで）

昼食の誘いに乗るくらい、おかしなことではないはずだ。

「嫌いなんかじゃないですよ、それにさっき、本当に助かったから」

裕斗はさやかになりきって、ぐっと胸を反らせて宣言した。

そうされると友朗も信じてくれたらしく、また笑顔になって二人で歩きだす。

駅の向かいにあるビルのファミレスに入って、向かい合って座って軽食を頼む。

さっそく出てきたサンドイッチを食べていると、さっきよりもいたずらっぽい笑みを浮かべた友朗が口を開いた。

「さやかちゃんが誘いに乗ってくれたのは初めてだね」

「えっ、初めて？」

「うん。いつも学校でデートのお誘いかけてもさ、冷たいから。なんか今日は人が変わったみたいに俺に優しいね」

裕斗の心臓が、どきんどきんと騒ぎ出した。

（先輩が、さやかをデートに誘ってた……？）

そんなこと、さやかから聞かされたことは一度もない。

しかもさやかはそれを断っていたという。

急に判明した事実と、さやかの真意を想像して、裕斗の動悸はおさまらない。

昼食の味がわからなくなって、目の前の友朗が急に知らない人のように見えてきてしまう。

「そ、そんなにたくさん、誘われましたっけ」

「あら、覚えてないの。冷たいなー」

(落ち着け……落ち着け、俺)

「俺、さやかちゃんのこと狙ってるから。いつもは裕斗の目があってなかなか大胆になれないけどね」

——もしかして、自分はとんでもなくまずい状況を作ってしまったのではないか。

裕斗の胸の中が、後悔と動揺に包まれる。

(先輩、さやかのこと……好きなの?)

そんなこと、少しもわからなかった。

今、そんな相手と……さやかの身体をして、二人きりになってしまっている。

「でも本当、今日のさやかちゃんはかわいいねぇ」

「あっ……!」

友朗がふいに屈(かが)んで、なにかを拾うような体勢になったとたん、裕斗はびくりと身体をこわばらせた。

なにかがテーブルの下で膝に触れた感触があり、それが面白がるようにつんつんと刺激を続けたところで友朗の指だとわかった。

「ほら、こんなことしてもぜんぜん怒らないんだ」

「やめて……ください」

友朗の言うような怒りや嫌悪は、わき起こってこなかった。

……というよりも、気持ちが追いつかないというほうが正しい。緊張と動揺と、目の前の友朗が信じられない思いで揺れてしまっている。

（女の子っていうか……さやかに対しては、こんなことする人だったんだ）

裕斗に接する、面倒見のよい先輩としての友朗しか知らなかった。

友朗は裕斗の困惑を察したように、さらに面白がって脚に触れてくる。

ひざ丈のスカートの下は、素足に短いソックスを合わせているだけだ。敏感な生肌に、男の手指の感触が伝わってきてしまう。

そして困ったことに、裕斗はそれを嫌だと思っていなかった。

（な、なんか……ヘンな感じ……触られてるとこが、じわーって……）

男の手の温かさに触れると、そこの皮膚が優しく痺れるような感覚がある。

それは裕斗にとって、初めての心地よさだった。

（女の子って、こんななのかな。男に触られると、なんだかいい気持ちになってくるような……）

裕斗が初めて得る感覚に嫌悪を抱いていないのは、友朗にはしっかりと伝わってしまっているようだった。

「いい子だね、かわいいね」

友朗がこんな、浮いた言葉を何度もぶつけてくるナンパ野郎だったなんて……。

そんなショックは相変わらずだ。

けれども、どうしても敏感なさやかの身体に入った状態で戸惑う裕斗は、彼をばっとはねのけることができないでいた。

「ねぇ、これからもっといいところへ行こうよ。デートしよう。さやかちゃんのこと、もっと知りたいな」

「デートなんて、だめです……」

必死の思いで絞り出した言葉は頼りない。

「だめです、だって。照れちゃってまぁ」

友朗はどんどん赤くなる裕斗を笑って、さらに膝の皿を撫で回してくる。

「女の子って二種類いるよね。こうされてめちゃくちゃ嫌がる子とさ、なんだかんだ受け入れちゃう子」

今までの態度に加えてこの言葉は、友朗の女慣れを伝えてくる。

（女子がどうのっていう、先輩の噂……本当だったのかな）

今さらそんなことを考えても遅かった。

現に裕斗は今、かどわかされそうになっている。

「さやかちゃんは嫌がる子だと思ってたのに」

「それは……ひあっ」

本当のさやかなら嫌がるだろうか、なんて考えそうになった裕斗を、さらなる刺激が襲う。友朗の手指が膝の裏にまで入り込んできた。

「やめて、先輩……こんなの変です」

「変？」

短い言葉のあとに、力強く鼻で笑う音。そんなふうにされると、裕斗は強く言い返せない。

友朗は余裕綽々（しゃくしゃく）に——優位に立った顔で、もはや裕斗を手玉に取っていた。

「ちょっとだけ、今日だけ。俺に付き合ってよ」

（今日だけ……）

その言葉は、感情の水面に揺れる裕斗にとって、浮き輪のようなものだった。

（そうだ。友朗先輩の本性ってやつを見てやる。それから避けるなり、今まで通り接

するなりすればいい）
今は……急すぎて、先輩のことがよくわからないから混乱している。
一日デートとやらに付き合って、それで判断すればいいだけのこと。
（さっき痴漢から助けてくれたんだし、そんな危ないことは……されないよね？）
裕斗は今までの積み重ねで、友朗に信頼を寄せすぎていた。
今の自分がか弱い美少女……古川さやかであることを、軽く考えてしまっていた。

3

――デートしようよ。

裕斗は、その言葉の響きを愚直にも信じきっていた。

それにやはり、いくらふだんと雰囲気や言動が違うといっても、ずっと自分に気さくに接してくれていた先輩を疑いきることは、純朴な彼には難しかった。

（カラオケとか、ゲーセンとかに行くくらいかな。手とかつながれそうになったら、逃げる感じで……）

裕斗のそんな甘い考えを、友朗が見抜いていたかどうかはわからない。己の欲望に忠実だっただけかもしれない。

この気配なら拒まれない、いける——そう考えて、さやかよりも警戒心が薄い裕斗の内心を利用したことは確かだった。

「ほら、こっちだよ、さやかちゃん」

「あっ！」

駅前のファミレスから出てすぐのことだった。

友朗はすぐに裕斗の——元はさやかの、年相応に女らしくなりつつある腰に手を回して抱き寄せた。

手をつながれそうになったら逃げれば……なんて考えていた裕斗は、予想を超えたスキンシップに思考が固まってしまった。

（や、やめてって言わなきゃ）

そう思うのに、友朗があまりに堂々としているものだから言い出せない。

まるでびくびくと驚いている自分のほうが、間違っているかのような気持ちになってきてしまう。

そして同時に、またさっき触られたときと同じ感覚がこみ上げてくる。

おへその下がジンとして、頭にぽわんとした陶酔が注ぎ込まれる。男の人に触れられるということに、このさやかの肉体は敏感に反応するようだった。

「だめ、手、離してください」

「デートでしょ。これくらい普通だよね」

友朗はすっかり調子に乗っていた。

先ほどファミレスで膝を触ったとき、ろくな抵抗をされなかったことで自信を持っているらしかった。

その自信は正しかった。当然ながら男にこんなことをされた経験のない裕斗は、どうしていいかさっぱりわからなくなってしまっていた。

戸惑って小さく震える裕斗は心から臆しているが、今の見た目は可憐な美少女であるさやかだ。男のサディズムと劣情を刺激してやまない姿だった。

全身をこわばらせ、赤い唇をきゅっと引き結んだ様子は、友朗の欲望にしっかりと火をつけてしまったようだ。

にやにやと笑いながら裕斗を引き寄せ、なにか言う間も与えずにさっと人通りのない路地裏に入り込んでしまう。

雑居ビルにまぎれてラブホテルがポツポツと建つ、裕斗やさやかがふだん近寄らないような場所だ。

「待って……！　どこへ行くんですか？」

「いいところ」

　気取った言い方をしながらも、少女の細腰を抱く腕にはいっそう力がこめられた。絶対に逃がさないといったふうな、獰猛さを感じさせる手つきだった。

「ダメです！　こんな……」

「しっ、大きな声を出すと目立つよ」

（先輩、本当に悪い奴だったんだっ）

　しれっとした顔で自分をラブホテルに連れ込もうとした友朗に、衝撃と恐怖が同時にわき起こる。

「やめてっ、いやです！」

　今さらながらこの男の目的を思い知った裕斗は、これまでとは比べものにならない動作で必死に抵抗した。

　だがそれはまったくの徒労に終わってしまった。

　腰を抱く手を引きはがすことも、薄暗い建物の中に入ろうとする足を止めることも、か弱い少女の身体ではかなわなかった。

（女子って、こんなに力が弱いのか……!?）

改めてショックを受ける暇もなく、裕斗はホテルのエントランスに引きずり込まれてしまった。

「いやっ、いや、やだっ……や、やめろよ」

思わず男の口調で凄んでも、友朗はどこ吹く風だ。

慣れた手つきで部屋を選んで、無人の受付からキーを受け取ってしまう。

(叫んで──大声を出せば)

従業員か誰かが止めてくれるかもしれない。

……が、すぐにその考えは打ち消された。

(もし、このことがさやか……いや、さやかの両親にも知られたら)

騒ぎになって学校や両親に通報、あるいは警察沙汰なんてことになったら。

娘が学校の先輩とラブホテルに入ったなんてことが、両親の耳に入ったら……。

たとえ望まないことだったたと主張したって、どれだけ信じてもらえるか。

(さやかのお父さん、今大変な時期なのに……)

そもそもこの肉体の入れ替わりを黙っておくことにしたのは、さやかの父に衝撃を与えないためでもある。

さやかも頑張っているのに、自分がそれを台無しにするようなことをしてしまっては元も子もない。

どうすれば……悩めば悩むほど、身体の危機感は手薄になってしまう。

結局裕斗は、邪悪な男と共にホテルの一室に入る羽目(はめ)になってしまった。

「ラブホ、初めてでしょ。緊張する？」

逆に友朗は慣れているのか、気さくに語りかけてくる。

「っていうか、さやかちゃんって処女だよね？」

「……！」

「あ、ビクッてした。図星だ」

けらけら笑う友朗に、裕斗は全身が羞恥で熱くなるのを感じた。特に頭は耳まで燃えるようだった。

(さやかは、処女……)

それだけは確信を持っている。子供の頃からずっとさやかといっしょだったが、彼氏がいた様子はなかった。母親も厳しいから、悪い遊びをしている隙なんてない。

(さやかの処女、守らなきゃ！)

複雑な気持ちだった。友朗とこんなことをしてはいけないという、常識的な理性。さやかの身体に害を加えたくないという必死さ。

そして……さやかの処女は男の自分が欲しいという、プライドのようなもの。

「うわ、泣きそうじゃん。そんなに怖がらないでよ」

「先輩！　おれ……わ、私、やっぱり、こういうのダメだと思う！」

すけこましの顔をした友朗を、りりしい顔を作ってしっかり見つめる。

「こんなのダメだよ。私たち、付き合ってないし」

「付き合ってないとエッチしちゃだめなの？」

「そ……そうです。順序ってものがあると思いますっ」

順序ねぇ——そう言って、友朗はとぼけた顔をしてみせた。

「そんなに裕斗のことが好き？」

そして放たれた言葉に、裕斗の心臓は止まりそうになった。

「裕斗もさやかちゃんのこと好きだろうし。でも付き合ってないんでしょ？」

「あ……あ、あう」

ついさっき作ったキッとした顔は、すぐに崩れてしまう。

（さやかが、俺のことを好きかなんて……）

わからない。

同時に裕斗のさやかを想う気持ちが、友朗に筒抜けだったことも羞恥を呼んだ。

「付き合ってないなら誰とやってもいいじゃん。なんなら味見して、俺と裕斗、どっちがいいか選びなよ。今日で俺のこと好きになっちゃったりして」

「あっ！」

距離を詰めた友朗の手が肩に触れたとたん、裕斗は身体を硬直させた。

それは恐怖や嫌悪からではなく……さっき膝に触れられたときと同じ、奇妙な心地よさに対する驚きだった。

逃げなくてはいけないのに、目の前の男とはとんでもない危険人物なのに。

なのに裕斗の肌は、触れられた場所からじんわりと熱くなる。

「結局いっしょにホテルに来たんだから、ちょっとは期待してたんでしょ」

「い……い、いや……んむっ」

否定の言葉を返しきる前に、裕斗の頭の中は真っ白になってしまった。

「んぅっ……ん、うぅ……？！」

少女の柔らかな唇に、なにか温かなものが触れていた。しかもそれは蠢いて、上下の唇を割り開かせようとしてくる。

(これって……今、キスされちゃってる……!?)

さやかの唇が友朗に奪われてしまっている。

鏡で見て何度もどきどきと胸をざわつかせたあの場所が、自分じゃない男に。

（い、いやっ、ダメッ）

今すぐふりほどかなければ、拒絶しなければ……そう思うのに、またあの陶酔が邪魔をする。

唇から入り込んでくる官能は、ファーストキスを奪われた衝撃を軽く凌駕（りようが）していた。化粧をしなくてもつやのある若い唇が、同じように若くも場慣れした男のそれにたやすく汚される。

（なんで……こんなに、頭の中が……さやかって、こんなに感じやすかったんだ）

女の子がそういうものなのか、さやかが特別なのかはわからない。

罪悪感を抱きつつオナニーしていたときだって、敏感で快楽に弱い身体だとは思っていたが、男に触れられると圧巻だった。

触れられた場所がすぐに熱くなって、こうされるのは心地いいことだと、感情より先に本能が理解している。

（ダメ、流されそうになってる……）

慌てて友朗をふりほどこうともがいたが、拒絶の動きを感じ取ると友朗は突然獰猛になった。さやかのものである細腕を押さえつけ、か弱い女の子の身では逃げられないほどの力をこめてくる。

「んぅ、いや、やめて」

「キスも初めてなんだ」

やっと唇が離れたかと思えばそんなことを言われて、改めて裕斗は凍りついた。

そうだ。さやかはきっとキスだって……はっきりと自意識を持って、男の子と口づけをすると考えてしたのはこれが初めてだろう。

「ほんと、裕斗は手出ししてなかったんだね」

「やめて、お……裕斗のことは言わないで」

逃れがたい罪悪感から裕斗がつぶやけば、友朗はさらににやけていく。

「ふふん、だんだん浮気っぽい感じになってきたな」

信じられないことだが、友朗はこの人間関係そのものに興奮しているようだった。

面倒を見てやっていた後輩の想い人を寝取るという、邪悪なたくらみに期待を膨らませているのだ。

(友朗先輩がこんな人だったなんて)

何度誘われたって相手にせず断っていたという、さやかの直感が正しかったのだろう。今さら裕斗が知っても遅いことだった。

「いいじゃん、やっちゃお。処女なんて、とっておいてもいいことないからさ」

「……ダメッ」

それでも必死に拒否すると、友朗は興醒(きょうざ)めしたかのような表情になった。口の中からわずかに舌打ちが聞こえ、裕斗はその粗野な態度にも恐怖した。

が、すぐに考え直したかのようにニヤリと笑って、裕斗を見つめる。

「じゃあ、最後まではしないでおいてあげるよ。でもホテルに来たんだから……そうだな、手でしてほしいな」

「手で……？」

「手コキって言えばわかる？」

どうやら処女は……セックスだけは許してもらえそうだが、そのかわりに突きつけられた要求をどうするべきか。

(手ですればいいなら、それで済むなら……)

もう正常な判断ができなくなっていた。最悪なのは、このまま押し切られてセックスしてしまうことだ。それが回避できるならいいという気持ちになってくる。

そうやって少しずつ踏み込んでくるのが、この手のナンパ男の常套手段なのだという ことは裕斗に知る由(よし)もない。

「……わかりました。手で、します」

消極的ながらも、頷いてしまう。

友朗は今まで以上に邪悪な笑みを浮かべて、裕斗を広いベッドへと導いた。

(大丈夫……手ですればいいんなら、すぐ終わる)

裕斗が思い浮かべたのは、本来の自分の身体でしていた頃の自慰行為だ。

あれもペニスを手でしごく行為なのだから、キスやセックスといったことに比べれば己にもできそうだったし、友朗の気迫に呑まれることもないと思った。

持ち主が違っても、所詮ペニスはペニスだ。摩擦すればあっという間に気持ちよくなって、精を漏らしておしまいだ。

(さやかには悪いけど……でも、最悪なことは避けられるから)

幼なじみの手が先輩のペニスを握ってしまうと思うとそこはつらかったが、追いつめられている自分に選択肢はない。

裕斗がそわそわと考え事をしている横で、友朗はすぐにズボンとパンツを脱いでしまった。

「えっ……?」

そして露出した肉茎を目にした瞬間、裕斗は思わず声をあげてしまった。

まだ半勃ちほどのゆるやかな隆起の状態だというのに、友朗のペニスは裕斗のそれより遥かに大きかった。色もずいぶんと黒っぽくて、むき出しの亀頭は威圧感のある赤紫色をしていた。

どんどん動悸が激しくなる。これを手でしごく。さやかの指で、今から……。

「どうしたの、怖くなっちゃった？」

そんな女の反応には慣れっこなのか、裕斗の視線を受けて友朗が言う。

「イヤなら裸で横になってればいいよ。世界一楽ちんな処女卒業させてやるよ。俺が全部終わらせてあげる」

「それはダメです！」

「なら、ちゃんとしてくれなくちゃ」

もう逃げられない。裕斗は固唾を飲んで覚悟を決めると、ベッドに横たわった裕斗の身体に寄り添うようにした。

「せっかくだから、パンツを見せながらしごいてよ」

「どうやって……？」

「ベッドの上で、足を開いてしゃがんで。そうすれば見えるから」

そう言われて裕斗は、いま自分が身につけているのがさほど長さのないフレアスカートだと思い出す。さやかの部屋にあったものを適当に身につけただけだが、ズボンを穿いてくればよかったと後悔した。

「こうですか……」

けれども、もう言いなりになって行為を終わらせるしかない。おずおずと太ももを開いたスタイルでしゃがみ込み、身体の位置を調節して友朗に向き直った。

確かにこの姿勢なら、腕を伸ばせばぎりぎりペニスに届きそうだった。下着を見ながらがいいという要望に応えられる。

「おっ、白だ。清純派」

そう言われてまた顔が赤くなってしまう。羞恥心ももちろんあったが、同時にさやかの下着が白いということを裕斗自身も意識したのだ。

（さやかの身体、見られてる……ああ……）

鏡で何度も見た、発育途中ながらに美しい白い肌。それが今下着とセットで、こんな男の目にさらされてしまっているのだ。

悔しいし、申し訳ない。けれどもどうしてか、胸はそれ以上に奇妙な高揚に包まれていた。

「さやかちゃんが可愛いからどんどん大きくなっちゃうな。早く握って」

愉しげに言う友朗に、裕斗は従った。ピクピクと醜悪に蠢くペニスを、おそるおそる握る。

手に伝わってきた熱さと硬さに、ぞわぞわとした緊張感が駆けめぐる。

（すごい……チ×チンって、こんなになるんだ）

友朗のペニスは、裕斗のものとはまるで違っている。今まで上から見下ろす自分のペニスを小さいだとか思ったことはないし、実際裕斗のものは平均サイズなのだが、友朗の肉茎が規格外のサイズと硬さをしているせいで、萎縮するしかなかった。

「やり方わかる？　チ×ポはね、ゆっくり上下にしごくんだよ」

「わ、わかってます」

そんなことは言われなくても……そう思って改めて、友朗のペニスを細い手指で握った。けれどもそれから先がわからない。

（ど、どうするんだっけ）

もちろん、指で作った肉のリングでこの熱をしごけばいい。それはわかる。

だがいつも自分の、少年の身体で行っていた摩擦の、速度も強さも思い出せない。

「なんだ、わからないんじゃん」

友朗は、見栄っ張りな少女を笑う。

「そんなに強く握らなくていいよ。ゆるい感じでいいんだ」

「は、はい」

仕方なく、裕斗は処女としてその声に従う。

「チ×ポの表面の皮を、ちょっとずつ動かすイメージだよ。最初はそのくらいの気持ちでやってみて」

言われて、血管の脈動が伝わる肉竿をゆるく握る。

(皮を、動かす……ああっ、ビクビクしてる)

友朗の指示どおり、骨のように硬いペニスに張りつめた包皮をわずかに揺らすようにする。

(さやかの指で……チ×チン、しごいてるんだ)

そう思った瞬間、奇妙な興奮が裕斗を襲った。

脳内にさやかの表情が浮かんだ。顔を真っ赤にして恥ずかしそうにしている。

その顔で、友朗にしているように、裕斗の肉茎を指でしごく姿がおぼろげながらもしっかりと想像できた。

「ああっ……！」

その瞬間、裕斗は自分の秘唇がショーツの中で湿るのを実感した。性的な興奮に襲われて、下腹がじゅくりと濡れるあの感覚だ。

(なんで、今……ダメッ、濡れちゃダメ!)

そう思っても止められない。同時にギュッと、友朗の肉茎を握りしめてしまう。

「おおっ、調子いいじゃん」

友朗はその刺激を心地よく受け取ったようだ。

「少しずつ強くしていって。ほら、先っぽから汁が出てきたのわかる?」

「汁……先走り、出てる……」

「そうそう、よく知ってるな。それをちょっと手に塗ってみて」

(だめ……そんなことしたら)

しかし裕斗の指は、なにかに憑依(ひょうい)されたかのように動いた。可憐な爪の光る手の先で、友朗の鈴口に滲んだ粘液をすくいとってしまう。

「あぁ……ねとねと」

「そのねとねとを、チ×ポ全体に広げるみたいにして」

(ダメッ……そんなの、絶対気持ちいいに決まってる)

また奇妙な感情が、裕斗の中を錯綜する。

ひとつは友朗のペニスに対する嫉妬だ。さやかの手で粘液まみれの肉茎をしごくなんて、絶対気持ちいいに決まっている。

もうひとつは、自分がそれをしてしまうという興奮だ。ペニスにご奉仕することに、さやかのものである肉体がおかしいくらいに反応していた。

（さやかの手で、先輩のチ×チンしごいちゃうんだよぉ。シコシコして、気持ちよくしちゃうんだ……）

にちゃりと音を立てて、手のひらに先走り汁が絡まっていく。

「今度は強く握って平気だよ。ぬるぬるしてると気持ちいいんだ」

「う……うぅっ」

もはや理屈では説明できない感情に支配された裕斗は、ねちゃりと友朗のペニスを握った。美少女の手の感触に、男根は大きく跳ね上がった。

「ほぉら、またシコシコして」

「は、はい……うぅ……ふ……！」

にちゃ、にちゃと音を立てながら、さっきよりも大胆な手つきで熱をしごき上げていく。竿がビクつく感触も、どんどん勃起が激しくなるのも、しっかりと伝わってくる。

（やだぁ……チ×ポ、しごいちゃってる。さやかの身体なのに……うぅっ）

また裕斗の中で、淫らなビジョンがひらめく。今このペニスが自分のもので、このさやかの手が与えられたら。

我慢汁まみれの、自分よりもずっと柔らかい手が、こんなふうに肉茎をしごいてくれたら……そう思うと、また下半身が熱くなっていく。

例の狂ってしまいそうなもどかしさと、じゅくじゅくと秘唇が充血して開いていく自覚。

「あれ？　さやかちゃん、濡れてるね」

友朗に言われて、裕斗はびくりとする。

「パンツがぐちょぐちょじゃん。マ×コのスジが透けちゃってるよ」

「えっ……う、嘘ですっ」

「あっ、ダメだよ。手を離すなよ。脚も閉じるな、隠すな」

「ううっ……！」

自分からは見えないが、友朗の指摘は事実だとわかる。こんなに興奮しているなら、さやかの感じやすい秘唇はもう濡れきっているはずだ。

「……」

友朗はそんな裕斗を、舌なめずりしながら眺めている。その視線に萎縮しながらも、裕斗は言われたとおりに下着を晒しながら手を動かしつづけた。

(早く……終わって。気持ちいいよね？　これなら、すぐイケるよね？)

こんな美少女にしごかれて、きっと元の自分なら数分ももたない。友朗だってそうだろう。いくらペニスが大きくたって、感じ方は変わらないはず……。

「ああ、やっぱり手じゃ無理だな。さやかちゃん」

「あっ……!?」

さっきまでは続けろと言いつけた裕斗の手を乱暴にはねのけると、友朗は勢いよく起きあがった。

裕斗はその勢いでベッドにしりもちをついたが、それにも頓着した様子はない。

「最後までやっちゃおう。ほら、こっちへおいで」

どこまでも身勝手な友朗は、笑いながら言い放った。

4

「やめてください。手だけでいいって約束じゃ……」

「そのつもりだったんだけどさ、さやかちゃん見てたら我慢できなくなっちゃった」

悪びれなくそう言って、友朗は裕斗にのしかかった。

清楚なレースのついたトップスをまくり上げてブラを露出させ、かと思えばスカートにも手をつけて太股と陰部をむき出しにしてしまう。

「いやっ、いや、やめて！」

「さやかちゃんも期待してるでしょ、こんなに濡らしちゃってさ」

「あっ……！」

友朗の下でもがいていた裕斗は、ぐしょ濡れになったショーツ越しに秘唇に触れられてびくりとする。

「ほら、やっぱり濡れてる。パンツの上からでもマ×コの形がわかっちゃうよ」

「い、いやです。触らないで……ああっ」

友朗の乱暴な指が、水気を含んでクレヴァスに貼りついた下着を撫でつける。

（だめっ、お願い、さやか、感じないで！）

そう思っても、指先でひと撫でされるたびに、まるで電流に触れたかのような衝撃が背筋を駆け抜けていく。

「ひあぁっ……あっ、あっ……いやぁぁ……」

「うわ、すっごい感じやすいね」

ほんの少し触れただけで、全身で反応を返してしまう裕斗の身体に、友朗はさらに獣欲をたぎらせた様子だ。

「本当に処女？　こんなに感じやすい子なかなかいないよ」

「しょ……しょ、処女、です。だから……お願い、やめてぇ」

こんな男に情けを期待するだけ無駄だが、今の裕斗にそれ以外の方法はない。

「だめ、さやかちゃんのバージンは俺がもらう。もう決めたから」

「そんな！」

そして、あっけなく希望を砕かれてしまう。

友朗は邪悪なにやけ顔で裕斗の脚を開かせ、ショーツの端に手をかけてあっという間に脱がせてしまう。

「いやああっ」

裕斗の——さやかの、まだ己の指以外は知らない無垢な女陰が、卑劣な男の前に晒されてしまった。

「うわ」

さやかの案外しっかりと生えた陰毛と、その下にある形の整った大陰唇……さらにはそこからいっさいはみ出さない美しい粘膜を見て、友朗はさらに口の端を歪めた。

「すっごいきれいなマ×コじゃん。うわ、これは本当に処女だな」

「だめ、だめえっ。見ないで！」

乙女の秘所を必死で隠そうとする手も、やすやすと丸め込まれてしまう。

「大丈夫だよ、優しくするから。俺、処女いただくの得意なんだ」

（そんな……友朗先輩、本当に……ひどい奴だったんだ）

彼を取り囲む悪い噂は事実だった。女の子に手を出してひどい振り方をした、もてあそんだ、人の彼女を奪った——そんなのは、ぜんぶ根も葉もない中傷だと思っていたのに。

友朗自身の言葉が、彼を信じようとする裕斗の気持ちを踏みにじっていく。

「それにしても、本当にびちょびちょだな……手コキ、そんなに興奮したんだ」

「違い……ます」

実のところは違っていない。裕斗は、手を使っての奉仕で興奮していた。

でも、認めてしまったら本当に心が折れてしまう気がしていた。

「違くないよね、すごいよ。指が滑っちゃう……ほら」

「あッ！」

あえかなクレヴァスを、男の指が割り開いた。くちゃりと音を立てて、鮮やかな桜色の粘膜があらわになる。

「やだあっ、やだ……やだぁ」

「色も、形も……うわあ、マジで処女だね。処女膜見えるかな」

「えっ……えっ、いやっ！　そんなの見ないで！」

脚をじたばたさせても遅かった。友朗の指がさらに秘唇をめくり上げ、まだわずかにしか収縮しない膣穴をより奥まで覗き込もうとする。

（やだ！　恥ずかしいのに……嫌なのに……指が触ってるところが、熱くて……）

こんなことは絶対にやめないといけないのに。

友朗の手指が触れている場所が、心地いい官能を送り込んでくる。

（ダメだよ、さやか……こんなことで感じないで……）

とびきり敏感な少女の肉体は、相手がこんな卑劣な男でも性感を得てしまう。

いくら止めようと思っても、秘唇の割れ目からじゅくじゅくと粘液が滲んでくるのを押さえられなかった。

「どんどん濡れてくる。さやかちゃんって、処女のくせに感じやすいんだ」

そう言われて、裕斗の脳裏にまた淫らな想像がちらつく。

（さやかのオマ×コが、先輩に見られて……すごく濡れてて……）

ぞくぞくする。恐怖すべきはずのこの状況が、狂おしい期待に染まっていってしまう。

「こんなに濡れてるの、見てるだけじゃかわいそうだ」

「先輩、なにを……ひっ！」

秘唇に思いきり近づけられた顔に驚く間もなかった。

友朗はそのまま舌を突き出して、裕斗の割れ目を下から上に舐め上げた。

「あああぁっ、あっ、あぁああぁっ」

初めて得る感触に、裕斗はただ身体を震わせることしかできなかった。

生ぬるくてざらざらした柔らかいものが、一番感じやすいクリトリスを包んだ。

（なに、これ……だめ……なにも考えられなくなるぅっ）

上下の唇がクリトリスを挟み込み、舌先がぬるりと包皮をめくる。思わずのけぞりそうなほどの強い刺激が、裕斗の秘唇から脳までをひと思いに突き刺した。

自分の指で触れるのとはまったく違う。優しくて心地いいのに、その奥に獰猛な欲望の息づかいや興奮がある。

（オマ×コ舐められるのって、こんな感覚なんだ……あぁ……！）

未知の快感をたっぷりと与えられて、裕斗はすぐさま溺れてしまった。

そのまま友朗は、舌先でクリトリスの表面をこちょこちょとくすぐる甘い愛撫を繰り返した。

少女の身体が痙攣するのを、ゆったりと楽しんでいるようだった。

「へへ、オマ×コ気持ちいい？」

「は……はいぃ」

口を離して問いかける友朗に、裕斗はすぐに頷いてしまった。直後にしまったと思ったが、もう止められない。

「オマ×コ、気持ちいい……ですぅ」

（さやかが……オマ×コなんて言っちゃってるんだ）

その声は友朗を高揚させたが、同時に裕斗自身を激しく興奮させた。

自分が裕斗として聞いていた声と、さやかの頭蓋の中に響く声には多少の差はある。けれどもずっと思いつづけてきた美少女の甘いさえずりであることに相違ない。

それが今、先輩に秘唇を舐められて恥ずかしい声をあげ、あられもないことを言わされている……。

（やだ……もっとオマ×コ、濡れてきちゃうよぉ）

さやかとして――女の子としていじられる快感と同時に、その様子に男として興奮するというダブルの刺激と倒錯が、裕斗をおかしくしていく。

「ここ、なにか入れたことある？」

「あっ……！」

舌と唇が離れ、代わりに膣口に指先があてがわれる。

「女の子って、オナニーのときになにか入れたりするじゃん」

さやかがさやかだった頃は知らないが、中身が裕斗になってからは乳首やクリトリスに触れるのがせいぜいだった。

膣穴に指を入れることにも興味はあったが、恐怖や申し訳なさが勝ってしまってできずじまいだ。

「ペンとか入れて、気持ちよくなるんでしょ？」

「し、してません……そんなこと」

「ふうん……試してみよう」

その言葉と同時に、あてがわれていた指が乱暴になった。

「あっ、あくぅううううぅっ！」

膣口に触れていた指先が、一気に胎内に侵入してくる。その圧迫感と衝撃に、裕斗は思わずのけぞった。

「きっついな。指が食いちぎられそうだ。本当になにも入れたことがなさそう」

「ううぅっ……！」

嬉しそうに言う友朗を信じられない顔で見てしまう。こんなにあっさりと、さやかの処女膣が侵略されてしまう恐怖もある。

だが……。

（い、痛くない……中、変な感じ）

衝撃はある。狭い穴がこじ開けられている違和感も。

けれど裕斗が想像していた、なにか……とにかく拒絶反応を起こしてしまうような鋭い痛みというものはなかった。

（まだ、指だから……？　これがチ×ポくらい太かったら、痛いのかな……）

「ふぅっ、ふうぅっ……」

「そうそう、ゆっくり息を吐けよ。だんだん慣れてくからね」

やはり愉快そうに、友朗は余裕の顔で指示する。

仕方なく裕斗は従うが、なるほど確かに、ゆっくり呼吸をするたびに連動して膣穴が緩んで、挿入された指が粘膜に馴染んでいくような感覚がある。

(友朗先輩、本当に女に慣れてるんだ)

小さく震える裕斗は複雑な気持ちだが、わずかに希望のようなものを見いだしていた。

もっと鮮烈に、レイプされるかのような痛みと恐怖を想像していた。

そんなことをされたら、さやかに示しがつかないとも。

実際望んでの行為ではないが、でもそれでも、裕斗が考えていたよりは快感が伴う（ともな）——マシな初体験になりそうだ、と。

(もう逃げられないんだ。だったら……)

下手（へた）に抵抗、反抗してひどくされるより、目の前の男を受け入れてしまって、とにかく苦痛をやわらげたい。

そんな気持ちが大きくなっていた。

「マ×コに指入れるのって、興奮するよね。女の内臓を触ってる感じがする」

「ううう……そんなこと言わないで」

邪悪なことを言われてかぶりを振りながら、力を抜こうと懸命になる。

(あ……でも、だんだん、楽になってきた……)

もともとそう痛いわけではなかった。さやかの感じやすい身体のおかげで愛液がしっかり溢れていたのもあり、裕斗は指の挿入にほとんど苦痛を感じていなかった。

さらに時間がたつと違和感もなくなってきて、気持ちまで落ち着いてくる。

「よし、ちょっとずつ動かすからね」

「あっ！　あっ、あぁんっ」

穏やかになりかけていた裕斗の心と身体に、友朗が荒波をたてる。

挿入した人差し指を、前後に出し入れしはじめた。

「んふぅっ……ふぁっ、あっ、あぁあっ！」

そして裕斗は、その動きに明らかに艶っぽい嬌声をあげてしまう。

(変っ……オマ×コの表面、舐められるのとは違う感じ……んんっ)

秘唇やクリトリスを舐められて得るのは、直接的な快感だ。

膣穴に指を入れられて感じるのは、もっとっともっと複雑で深いものだった。

(あの……狂っちゃいそうな感じを、引っ張り出されてる……)

さやかの身体で劣情を催したときに感じる、狂おしさと共に下腹が湿る感じ。

つかみどころのなかった「それ」に、今はダイレクトに触れられているような気分だった。

(お、オマ×コの中にあったんだ。気持ちよくなってくる元が……！)

女体の深淵に触れた気持ちで、裕斗はただ甘い喘ぎを漏らしてしまう。

すでに抵抗意識が希薄になっていたのもあって、胎の内側に与えられる新感覚を素直に受け取りだしていた。

「気分が出てきたねぇ。ほぐれるのが早いよ、すっごいイイ身体だ」

「うくぅ……せ、先輩……」

(お、俺……甘えてる)

自分の口から出た、友朗を呼ぶ声に滲む媚びに驚いてしまう。

同時にさやかのそんな、とろりとした蜜の声を初めて聞いたせいで、さらに興奮が強くなっていく。

(さやかの身体で、友朗先輩とエッチしちゃうんだ。女として……犯されるんだ)

恐ろしかったはずなのに。友朗の邪悪さに傷ついたはずなのに。

(期待しちゃってる……)

指を入れられるだけでこんなに気持ちいい。

なら、ここにもっと太いものが入ったらどうなってしまうのか。

その好奇心を、メスとしての疼きを抑えられなくなってきていた。

「どうしたの、そんな声出して」

「お、俺……あ、わ、私」

私……そう言い換えたとき、裕斗の中でなにかが踏み越えられてしまった。

(女の子になるんだ、俺……私……)

さっき握った、まがまがしいペニスを受け入れてしまったら……自分はもう今まで通りではいられなくなる。

予感が甘い渦を描いて、少女の身体の中を駆けめぐっている。

少年としての自覚を追い抜いて、女の子として犯されることへの期待が強くなってしまっていた。

「本当に……先輩と、最後までしちゃうんだって思って……」

裕斗のいじらしい言葉を聞いて、友朗はけらけらと笑った。同時に頷いて、少女の潤んだ瞳を射抜くように見つめ返した。

「やっと覚悟ができたんだ?」

「は、はい……」

「じゃあこれは、お互い望んでってことだ。さやかちゃんは俺とヤリたいんだろ?」

「……っ、はい」

ためらったが、やはり頷いてしまう。もう戻れない。

「言質は取ったからな」

「あっ！」

膣穴に入っていた指が、勢いよく引き抜かれた。

（どうしよう……すごく、寂しいっ）

最初は違和感があったはずなのに、今は抜けてしまった指を惜しんで肉壁がきゅうきゅうと疼いている。

「これからこいつが、さやかちゃんの中に入るんだぜ」

友朗は自慢するように、ごつごつした肉茎を手で持ち上げた。さっきよりもずっと隆起して、下腹を叩きそうな角度になっていた。

裕斗の感情が翻り、再び恐怖がよみがえりそうになるのを察すると、逃がさないとでもいうように、友朗は少女の細腰をがっしり押さえつけた。

そのままぷっくり膨れた亀頭をあえかな膣口にあてがうと、そのまま一気に腰を突き出した。

「あっ、あっ、あああああああぁあぁっ！」

裕斗は処女膣を拡張される感覚に震えた。指とは比べものにならない圧迫感と、入り口に走るチリチリとした痛み。腹の奥を殴られたような鈍痛もあり、処女喪失の実感が重くのしかかった。

「ほぉら、処女膜が伸びてるのわかる？　このまま拡がって、俺の形になっちゃうんだよ。へへ」

「ふくぅ、くぅぅうっ……うぁぁ……わ、私の処女……あぁ、痛いぃ」

人並みに性的なことに興味のあった裕斗は、友朗の言葉の意味が理解できた。

処女膜なんて名称だけれど、バージンの女の子にあるのは膜ではない。小さく穴のあいたひだのようなもので、それがペニスの侵入を拒む——そんな知識を持っていた。

（さやかのオマ×コのひだが……友朗先輩に……）

さやかの処女は友朗によって奪われたのだ。

友朗はそんな裕斗をじっと眺めながら腰を進めていく。長大なペニスを、まるで処女の膣壁をじっくりと味わうように少しずつ埋め込んでいった。

「はぁ、やっと根元まで入った。さやかちゃんのマ×コ、すっごくきついね」

友朗の言葉に裕斗は身震いした。さやかが犯されている。自分の大好きな女の子の身体が。その身体の中にいるのは、男のはずの自分だ。

だが友朗は、根元まで埋め込んだと言ってからすぐに動くことはしなかった。

（ふつう、ここからいっぱい動いたりするんじゃ……）

そう思って見上げると、友朗は思わせぶりににやにや笑っている。

「痛いでしょ。でも大丈夫、せっかく初モノをいただいちゃったんだから、気持ちよくしてあげないと」

「気持ちよくなんて……あっ、あぁんっ！」

自身をしっかり埋め込んだまま、友朗は処女の秘唇を指で愛撫しだした。さっきは舌で触れたクリトリスを、今度は指でぬるぬると撫でてくる。

「あうふぅっ、そこは、そこはだめですっ」

愛液でぬめった指で敏感な場所を刺激されるのはたまらない。裕斗はペニスを咥え込んだままの膣で、快楽に身をよじった。

（あっ……!?）

そして次の瞬間、こみ上げてきた感覚にはっとなった。

ぢくぢくと腹の底から心地よさがやってきている。あの狂おしい、女の子の身体でしか得られない気持ちよさが、クリトリスへの刺激で膣がきしんだのをきっかけに急激に襲いかかってきた。

「くふぅっ、ふぁっ、あぁぁんっ」

腰が浮く。痛みと苦しさを与えるだけだった友朗のペニスを、どんどん粘膜が受け入れはじめていた。

そして裕斗のそんな様子を見て、友朗は細くも柔らかい腰を鷲掴みにした。そのまま腰を引いては突き出して、激しいピストンをしはじめる。

「あぁんっ！　あひっ、ひぃっ、あんっ、お、オチ×チン、動いてるぅっ」

しかし裕斗は拒まなかった。拒絶する余裕もない。獰猛な動きに翻弄され、与えられる快感に打ちのめされた。

膣口に感じていた痛みはすぐになくなった。さやかの秘唇は感度がいいだけでなく、順応もとびきり早かった。

すぐに友朗のペニスの大きさに慣れてしまって、激しくうねる膣壁といっしょに収縮して、男の熱を受け入れていた。

ごつごつとした熱幹が、蜜まみれの肉穴を何度も擦りたてる。そのたびおへその下あたりから、強烈な快感が引き出されていく。

（こ、これが女の子の気持ちよさなんだ。チ×ポじゃない、オ×ンコの快感なんだ……こんなの……ああ……！）

こんなの、知ってしまったら逃れられるわけがない。

裕斗はもはや夢中で、友朗の身体にしがみついた。もっと教えてほしい。もっとこの、女の子の身体で得る最高の感覚を味わわせてほしい。頭の中にあるのはそればかりで、もはや他のことはどうでもよくなっていた。

「あくぅっ……き、きちゃう、なにか、あぁっ、きちゃう！」

胸の奥と、腹の底と、背筋の長い神経が同時にざわざわする。

大きな快感が訪れることに本能的におびえるが、友朗はそれでも動きを止めない。

「ああっ、先輩！ い、イク……イク、イクぅぅぅぅっ！」

口にした瞬間、快楽が裕斗の限界値を越えてほとばしった。腰が跳ね回る。全身が震えて、膣穴がぎゅうっとペニスを喰い締めた。

「く……マジかよ。処女で中イキできるなんて、最高の女の子だよ」

「な、中イキって……あぁっ！」

クリトリスで絶頂するのとは比べものにならなかった。全身が快感に支配されて、頭の中が真っ白になってちかちかする。

(女の子って……オマ×コってこんなにすごいんだ……)

——自分は、本当に女の子になってしまった。

そんな認識が胸の中に広がっていく。恐ろしさがあったがそれすらも甘美なものだった。

クリトリスで絶頂するのは、一種射精に通ずるものがあった。だが膣穴は違う。私は女の子です——まるでそう宣言させられているようだった。

(女の子だから……女の子だから、逆らえない……)

膣穴の奥をコツンコツンと突かれて、こみ上げる熱に身を任せることの法悦を知ってしまったら、もう逃げられない。

目の前のオスに隷属してしまう——それほど激しい、狂おしい心地よさだった。

「こら、まだへばんないでよ。男がイクまでがセックスなんだよ」

「んひぃいぃっ」

弛緩しそうになる身体を、さらに揺さぶられる。

さっきよりも乱暴な突きだ。友朗が快感で射精まで駆け抜けるための性急な、それでいてメス穴にも強烈な刺激を与えるストロークの短いピストン。

「あっ、あひっ、いやぁ、またイッちゃいますっ」

裕斗は友朗にしがみつきながらそう叫んでいた。

ペニスが出入りするたびに、愛液がぶぢゅぶぢゅと飛び散っていく。恐ろしいことに、女の快感というのは限度がなかった。一度絶頂したからといって、気持ちよさも高揚した感情もしぼむことがない。

それどころかどんどん加速して、無制限に膨れ上がっていく。

「いやっ、いやっ、狂っちゃう！　響くぅっ、オチ×ポの動き、響いてきちゃうのぉっ、あっ、あっ、あっ」

律動に合わせた短い息と喘ぎをあげながら、裕斗は高みへと押し上げられていく。

「くっはぁ、イクよ、さやかちゃん」

「あっ、あっ、あぁぁあぁあぁぁあぁぁっ！」

もはや無抵抗な女体の最奥めがけて、勢いよく白濁が打ちつけられた。

「あぁあぁっ！　熱いぃっ、あっ、あっ、あぁぁぁっ……！」

初めて膣内で感じる牡汁の勢い、粘っこさ、熱さ……すべての感覚に驚きながらも、
裕斗はさやかの処女膣でそれをすべて飲み干していく。

どろどろの精液は、少女のピンク色の粘膜に吸い上げられていく。

「ああ……ふ、ぁ、中に……出されちゃったぁ……」

今さらな喪失感に震えながらも、秘唇のけいれんは止められない。

「くうっ……最高の処女マ×コだな……すっごい当たり、引いちゃった」

友朗はそんな様子を見ながら、にやにやと余韻を噛みしめていた。

第三章　倒錯画像

1

「んむぅ、んふ、んんっ……」

友朗のペニスを口に含み、裕斗はその熱さにおびえながらも、舌と唇を使っておずおずと奉仕を繰り返す。

「上手(じょうず)になったねぇ、さやかちゃんは飲み込みが早いよ」

己(おのれ)の脚の間で、花の香りのする黒髪を振り乱しながら首を振る美少女を見下ろして、友朗は満足げに笑う。

——処女を奪われてからというもの、裕斗はすっかり友朗の虜(とりこ)になってしまった。

というよりも――この男に逆らってはいけない、という思いを肉体に強く刻み込まれ、そのせいで逃れられなくなってしまっていた。

(こんなの、さやかに申し訳ないのに……)

この身体の本来の持ち主である初恋の少女に申し訳が立たない。そう思うのに、誘われるままに何度も身体を重ねていた。

場所は安っぽいホテルだったり、放任家庭らしい、さびれた友朗の部屋だったりした。裕斗はまるで都合のいいペットのようにたびたび呼び出され、男を喜ばせるための奉仕をたたき込まれていった。

さやかの肉体は、まるでスポンジが水を吸い上げるようにそれらの教えを飲み込んでしまった。

「さやかちゃんには素質があるよ」

友朗は邪悪に笑うが、内心裕斗も同意していた。

(さやかって、すごく淫乱だったんだ……)

そう思わないと、この感じやすい身体の説明がつかない。

今だって、ただ友朗の肉棒を唇と舌でしごいているだけだ。自分が男のペニスを舐めるだなんてゾッとすると思っていたのに、さやかがそれをしていると考えると、男としての裕斗がひどく興奮してしまう――のはさておき……。

（どうして、こんなに気持ちいいの？　口の中なんて、絶対感じないはずなのに）

さやかの口腔は、まるで性器のようだった。

ペニスを咥えて、汗っぽさや精液の青臭さが鼻腔を通ると、刺すような興奮が脳を突き抜けた。そのままつるりとした亀頭や、わずかに皮の寄ったカリ首のみぞを舐めていると、その興奮は下半身に伝播していく。

（オマ×コ、気持ちいい。チ×ポ舐めてるだけなのに）

とろりとした淫蜜が、秘唇の割れ目からしたたり落ちていく感触。

これは裕斗がさやかに興奮しているだけでは説明がつかない。さやかの身体は、もともと男の臭いや、熱さや、とにかく欲望をまとったものに強く興奮する性質だったのではないか。裕斗はそんなふうに考えていた。

「ほら、シックスナインだ。そのでっかいケツをこっちに向けるんだよ」

「ああっ……お、お尻のことは言わないで」

ただでさえ全身が高揚していたのに、友朗の言葉で顔面に血が集中する。

（やっぱり、さやかのお尻って……大きいんだ）

男としての自分がひそかに胸をときめかせていた、さやかの豊満な尻。ふだん鏡などでは見ることをしない部位だから、いくらさやかの身体に入ったからといってそれを堪能することはできないでいた。

「さやかちゃんって、胸はそうでもないのにお尻はすごいよね」

それを友朗は平然と指摘する。やはりこれは男にとって、魅力的な肉づきをした部位なのだ。

口淫を打ち切らせると、友朗はベッドにゴロンと寝転がった。そうされたらどうするべきなのか、さやかはもう知っている。

(こんな、男の顔の上に乗るなんて……恥ずかしい)

羞恥心は消えないが、あまりもたもたしても友朗に叱られる。さやかは自転車にまたがるようにして、友朗の顔に尻を向けて仰向けの身体をまたいだ。

「へへ、マ×コも尻の穴も丸見えだ」

「いやあっ……！」

こうして友朗に抱かれるとき、裕斗はもう完全に少女だった。少年としての矜持(きょうじ)や、負けん気などどこかへ行ってしまう。ただこの人に与えられる刺激と、女の子としての快感の強さに支配され、中身まで感じやすい美少女に変貌してしまう。

「早くチ×ポに続きをするんだよ。このでっかいのを俺の上で揺らしながらさ」

「あ、あうう……」

粗野な物言いにまた羞恥がこみ上げるが、抵抗するすべもない。

顔の前に迫った赤黒い肉茎を、再び口の中に咥え込んでいく。

「んむっ……ふぅ……！」

さっきとは顔の向きが違い、舌先に触れる感触も変わってくる。

（裏筋のところが、上あごに当たって……これ、すごく気持ちいいんじゃないかな）

ペニスの中で一番感じやすい裏側の小帯を、さやかの小さく熱い口腔が撫で上げているのだ。自分がこんなふうにされたらと思うとたまらなかった。

実際友朗もかなりの性感を得ている。口の中で肉茎が、喜ぶようにピクピクと動いていた。

（ああ、ずるいよ先輩……俺だってさやかにこうしてほしいんだ）

裕斗の中に、にわかに少年としての意識が戻ってくる。本当なら自分がこの口淫を味わいたかった。さやかのファーストキスだって、処女だって、俺がほしかった。そんな悔しさにまみれた気持ちがこみ上げてきていた。

「さやかちゃんのオマ×コも舐めてあげないとね」

「ああっ！　あひぃっ、ひっ……んんっ」

しかし、それは秘唇に舌を寄せられたことですぐに散ってしまう。

また自分は女の子なのだという弱さと、快感への期待が強くなっていく。

とにかく友朗は、女をよがらせるのが得意だった。自分が気持ちよくなりたいのは当然だろうが、それと同じくらい、相手の女性を感じさせ、乱れさせる征服感が好きなようだった。

「くふぅっ……お、オマ×コ、だめ……ああっ！」

ちろちろと舌先で割れ目をなぞり、開発されだした少女の肉芽が期待に震えだすのを楽しげに見ている。

(また今日も……弱いところ、たくさん吸われちゃうんだ)

本気で感じている証拠の、ねっとりした愛液が垂れてくるのを待ちかまえている。

自分の舌技で少女が乱れ、たまらずほしがるのを期待しているのだ。

「あふっ、あっ……あぁん……！」

そして友朗の思惑どおり、裕斗はすぐに淫欲に染まってしまう。ただ割れ目を往復するだけの舌を物足りなく感じる。

いつものように、抜き取らんばかりにクリトリスを吸い上げてほしい。膣口に舌を差し込んで、敏感な入り口をこね回してほしい。

なのに自分から愛撫を強くしてとねだることは、恥ずかしさが勝ってできずにいた。

「フェラが止まってるよ。ちゃんとして」

「は、はい……」

裕斗の心なんて見透かしきっているだろうに、さらに焦らすように友朗が言う。裕斗は従うよりなく、再び張りつめたペニスを唇でしごきだす。

垂れてきた自分の唾液で、肉棒を支える手がいやらしく濡れている。そのぬらついた手指で、少しずつ幹をしごきながら、亀頭をぺろぺろと舐め上げた。

(ああ、でも……オマ×コ、もっと舐めてほしい……)

敏感すぎる口粘膜でペニスを感じながら、いつものように秘唇を強く愛撫されるのはどれだけ気持ちいいだろうか。

すっかり淫らに染まった頭でそう考えて、どうしたら友朗からご褒美がもらえるのかと必死にフェラチオを繰り返す。

「ヒクヒクさせちゃってさ。もっとオマ×コしてほしいの」

「……!」

やはり見透かされている——そう知ってまた顔が熱くなるが、反抗する気持ちなど残っていない。ペニスから口を離さないまま、裕斗は頷いた。

「よし。じゃあもっと舐めてあげるよ。ただしフェラもやめるなよ、今日は俺を口でイカせられるように頑張るんだ」

「は……はい」

もごもご答え、期待に震えながらも、唇で作った肉輪で亀頭を咥え込む。

「ん……んむふぅっ！　ふぅっ、ふぅぅぅぅっ……！」

そして次の瞬間にやってきた刺激の強さに、裕斗はくぐもった大声をあげた。

どうにか肉茎は咥えたままだが、衝撃で果物のような尻を突き上げてしまう。

快楽に弱い少女の肉体を、友朗はがっちりと押さえ込んだ。太ももを摑んで逃げられなくしてしまうと、さっきよりもずっと激しい舌づかいで肉の割れ目を貪った。

「ひぇ、ひぇんぱい、ひやぁ、あっ、あぶぅっ」

必死にペニスにしゃぶりつきながらも、敏感な粘膜に与えられる淫らな刺激に身悶えする。どんどん愛液が溢れ、自分の割れ目だけでなく友朗の顔まで汚していくのがわかる。それがたまらない羞恥心と、ある種の快感をさらに増幅させていく。

そして、その日の友朗はさやかの女芯を乱すだけにはとどまらなかった。

「あっ、あふっ」

急に秘唇への愛撫を打ち切ったかと思うと顔をずらして、舌先を果物のような尻の割れ目に向けた。快楽にヒクつくあえかな肛門を、ぬるぬるの舌でぺろりと舐め上げてきた。

「せ、先輩！　そこは……あぁふぅっ」

そんな場所を舐められるのは初めてだ。思わず肉茎から口を離して裕斗が振り返ろうとすると、熱くぬめる舌はさらに尻穴を刺激した。

舌先をべろべろと振り回して、肛門のみぞを何度も往復したかと思うと、先端を穴の中に潜り込ませようとしてくる。

「ひぃんっ、お、お尻はダメです」

人間の身体の中で一番汚いところ――無意識のうちにそう思っていた場所を愛撫される恐怖と恥ずかしさ、そして紛れもなくこみ上げてくるこそばゆい興奮が、裕斗の気持ちを乱していく。

クリトリスや膣口への刺激をおあずけされたことの惜しさも忘れて、尻を蹂躙される感覚に浸ってしまった。

「お尻も感度がよさそうだね」

顔は見えないが、友朗がニヤリと笑っているのがわかる。また弱点をひとつ知られて、この男に踏み込まれてしまう。もう裕斗――さやかの肉体は、巧みな男の性技から逃れられないのだ。

「ほら、口を離しちゃったんだから罰ゲームだ。おりて」

「あっ……あん」

ベッドに仰向けに寝ていた友朗が起き上がる。当然上に乗っていた裕斗も体勢を変える羽目になって、己の身体の支配主の次の動きを待つようにへたり込んだ。

「今日はこのデカ尻を見ながらの気分だなぁ、四つん這いになれよ」

(四つん這い……また、後ろから突かれちゃうんだ)

初めて処女を奪われた日から、裕斗はありとあらゆる体位で友朗に抱かれた。後背位も騎乗位も、対面座位も。知識としてのみ知っていた淫らな男女の交わりの体勢を、友朗によって女の子の身体で全部味わわされた。

中でも後背位は、口にこそ出さないがハマってしまった体位だ。友朗のほうもお気に入りであるらしい。

「あふ……うぅん」

友朗の言うとおりに、ベッドの上に膝を立てて這う。

しかし、いつもはすぐに組みついてくる友朗は、今日はなにかを考えているようだった。

「やっぱり今日は違う体位にしよっか」

その言葉に内心がっかりしていることに、自分自身で驚いたりする。背後から乱暴に、動物のように突き上げてほしかった。そんな欲求不満を抱いて、己がすっかりメスにされてしまったことを実感する。

「違う体位って、どんなことをするんですか……」

その口惜しさが言葉にも滲んでしまうことを自覚しながら、不安と期待で友朗に問いかける。

「まださやかちゃんとはしたことなかったよなぁ。うつ伏せになって。膝を立てなくていいんだ」

「こうですか……？」

言われるまま裕斗は、まるで自分の部屋でリラックスしているときのように、ベッドにうつ伏せになった。

こんな体勢でどうするのかと思っていると、友朗が豊満な尻と太ももをまたぐようにのしかかってきた。

そしてそのまま、裕斗の背面にぐっと体重をかけてくる。身体を重ねる形で乗り上げられたのだと理解するが、やはり、それがセックスの体位だとは思えない。

「こんなんで入るわけないって思うでしょ」

友朗の笑い半分の言葉にどう答えていいかわからずにいると、彼が腕を立てて身体をわずかに持ち上げた。そしてさっきまで舐め上げられていた股間を、むっちりとした尻に押し当ててくる。

（えっ、まさかこのまま……中に入っちゃうの？！）

こんな、ただ寝ているだけのような体勢でと裕斗が呆気にとられる間に。

「あっ、あっ、あああぁあぁあっ！」

本当に、友朗のペニスが膣内に侵入してきてしまった。

「うくっ、くぅうぅ、あぁ、お、オチ×チン……入ってくるぅ」

しかもその挿入感は、今までのどの体位とも違っていた。あっさりと入ってきたにもかかわらず、脚をそろえて閉じているせいでいつもより膣穴が狭くなっていて、ペニスに拡げられる感覚が強い。

膣肉を擦り上げてくるぷっくりした亀頭のハリ、ぷりんとかさを広げたカリ首のくびれ、肉幹のごつごつした感触……どれもがとても鮮明だ。

「あふぅっ、あっ……あぁん……あぁ……！」

初めて得る体位の刺激に悶えていると、裕斗を下に敷いた友朗の笑いが胸板から響いてきた。

「女の子って、コレが好きな子多いよ。さやかちゃんもみたいだね」

「……！」

一瞬、裕斗の全身が快感とは違うものに打ち据えられた。

（今まで、どれくらいの女の子に……同じことをしてきたんだろう）

そしてその中の何人……いやきっと全員が、この快感に悶えるところを、この邪悪な先輩は愉しく眺めてきたのだろう。

そのイメージに、また裕斗の中に少年としての意識がわき起こる。この遊び人に対しての嫌悪と、羨望と、そんな奴にさやかの肉体を奪われてしまったことの悔しさ。けれど同時に、快楽だけでは説明できないもどかしい疼きもわき起こってくる。

（他の女の子と比べられるなんて……）

裕斗はしっかり認識できないが、それは嫉妬と呼んで間違いないものだった。

「おっ……？」

「んくっ、くっ、ふうぅぅ……！」

その疼きをごまかすように、あるいは増幅させるように、裕斗はわずかに膣穴に力を込めては弱くするのを繰り返した。抗議にしては微弱すぎるだろうが、それでも裕斗がなにかの感情に動かされているというのは伝わったらしい。

友朗は再び笑った。今度は胸の振動が背中に伝わってくるだけでなく、声もあげていた。

「オマ×コきゅうきゅうさせるのもいいんだけどさ、ほら、お尻をちょっと上げてみなよ」

「あ、あくぅ……んんんっ！」

言われたとおりに尻をわずかに持ち上げた瞬間、裕斗の全身は電流に触れたようにびくりとした。

女がほんの少し尻の位置を変えるだけで、他の体勢のときに腰を振りたくったような刺激がやってくる。

脚を閉じているぶん、身体や粘膜の揺れがダイレクトだった。

(この体勢っ……す、すごいんじゃ)

そしてこんなことを知っている友朗も。

「ああ、気持ちいい。俺も動いてあげるよ」

「あっ！　あぁっ、あふぅっ、あっ、揺らさ……ないでぇっ」

友朗が腰を使いだす。いつものように乱暴な、少女の肉体を快楽の坩堝(るつぼ)に叩き込むような動きではない。ゆっくりと揺らしながら、少しずつ溶かしていくような律動だ。

「あひ、あっ、あっ、あはぁっ、あひぁあぁ」

けれどもその刺激に、裕斗はさやかの身体でめろめろになった。なんなら、敏感すぎる少女の肉体はこのくらいのゆるやかさのほうが心地いいようだ。

これまでのように激しい前後運動だけでなく、浅めに突き込んだ腰をぐりぐりと回すような動きまで加えられて、開発されだした女子学生の若膣は如実にこなれはじめた。

「せ、先輩ぃ、すごいぃ」

いつもは圧倒され、支配されるだけだが、今日はわずかに媚びる余裕さえあった。

「すごく気持ちいいの、あぁっ、私、先輩のこと……」

体と心をぐずぐずに溶かされ、思わず口にしそうになる。

(——ま、待って……今、俺、なんて言おうとして……！)

そしてすんでのところで、男としての理性が裕斗を引き留めた。

「俺のことが、なに？」

「うっ、うっ、ううぅうっ」

意地悪な声色で問いかけられたが、ごまかすようにベッドシーツに顔を埋めた。言うわけにはいかない。そんなこと思っているはずがないのだから。

（俺はさやかが好きなんだ。これはさやかの身体なんだ。さやかとして……先輩が好きだなんて、言っちゃダメなんだ）

それに……それは心からの想いではない。あまりに肉体を、粘膜を気持ちよくされるせいで、錯覚してしまっているだけだ。

（女の子、弱すぎぃっ……いっぱい気持ちよくされると、すぐ好きになっちゃうよぉ……）

あるいは自分の意志が薄弱すぎるのか。さやかの肉体が、快楽に弱すぎるのか。

「まぁ、今はいっぱい気持ちよくなってよ。そうすればだんだん素直になるんだから」

「あっ、ああっ……あぁぁあっ！」

友朗の律動が再開される。充血しきった女芯を肉竿でずぷずぷと貫通し、あっという間に腹の底から快感を引き出させてくる。

しかもこの体位の気持ちよさは、性器と性器の摩擦だけではなかった。

（あふっ……いやぁ。さっきから、シーツにクリが擦れて……）

身体をぺたりとベッドに横たえているせいで、下腹部の粘膜が圧迫されてしまう。

友朗から与えられる快感で充血したクリトリスがベッドシーツに当たり、それがゆっくりと身体を揺すられるたびに擦れ、自慰行為のときと同じ快感が襲いかかってくる。

そのせいで、激しく責められているわけではないのにいつもよりずっと追いつめられるのが早い。気がつけば呼吸が乱れ、全身の感度は限界まで上がっていた。

友朗が膣道を擦り上げるのと、クリトリスが刺激されるふたつの刺激で、今すぐにでも絶頂に昇り詰めてしまいそうだった。

「あふっ、あっ、あぁ、イッちゃうぅ、先輩っ、先輩」

裕斗が美少女の声でさえずると、友朗は舌なめずりをして急に獰猛(どうもう)になった。子宮頸部めがけてペニスを深く入れ込み、グリグリとつぶすような動きで破滅的な快楽を与える。

「いっ、イクっ、あっ、イクぅぅうぅぅっ！」

高められ続けた敏感な肢体は、奥への刺激であっという間に絶頂を迎えてしまった。下腹部からこみ上げた快感が全身を打ちのめし、膣穴の奥から粘つく愛液がごぷりとあふれた。

そして射精を乞うかのように、膣穴がぎゅうっと締まり上がる。この動きに友朗もおふ、と声をあげて、そして自分自身が射精に駆け上がるための激しいピストンを繰り返す。

「ああっ、あっ、あっ、アッ、アッ……！」

絶頂の激感がつきまとう身体を振り回され、裕斗はなすすべもなく悶えた。

「く、出すぞ。くあぁっ」

「ふあっ、あっ、あぁぁぁぁ……！」

やがて友朗も限界を迎え、まだ痙攣を続ける膣穴に白濁をそそぎ込んだ。

（ああ、出ちゃってる……今日も、中に出されちゃった……）

肉茎が精液を放出するホースのように蠢き、震える粘膜の中に粘っこい熱を吐き出していくのを、裕斗は呆然と感じ取る。

「あぁ……あぁん、気持ちいい……」

しかし、思わず口から漏れた言葉が本心だった。

さんざん突き上げられ、絶頂させられた秘唇に精液をそそぎ込まれるのは……ご褒美のような甘美さを持っている。

手で触れたならつまめそうなくらい濃い精液が、さやかの膣道をどろどろと汚している。愛しい子のナカが、自分以外の男のものでマーキングされた。だがそれはたまらない快感で……裕斗の頭の中は、ぐちゃぐちゃに混乱していた。

いつもこうだ。セックスのあとは、少年としての己と、少女として芽生えだした自我がないまぜになってしまってうまく思考がまとまらない。

「最高だよ、さやかちゃん。気持ちよかった……」

そのうえで、至高の快楽を与えてくれた男がこう囁くのだ。難しいことは、なにも考えることができなくなってしまう。

(でも……このままじゃダメなのに……ちゃんと、しなきゃいけないのに……)

まったく要領を得ない不安だけが、ぽつんと胸に広がっていく。

2

『裕くん、最近返事ないけどどうしたの？　身体の調子悪かったりする？』

スマホに届いていたさやかからのメッセージを見て、裕斗は罪悪感にさいなまれた。

友朗との関係が始まってしまってから、申し訳なさと「バレたらどうしよう」という焦りで、さやか——今は裕斗として過ごしている幼なじみとのふれあいを最小限にとどめようとしてしまっていた。

（二人で、解決しようって決めたのに）

身体が入れ替わるなんて現象、早く解決しなきゃいけないに決まっている。

さやかは必死で調べ物をしてくれているようなのに、自分ときたら釣果（ちょうか）のないネットサーフィンをするばかりだ。

「さやか……ごめん」

ぽつりとつぶやくが、結局それは独り言だ。

こんな可憐な身体を。今だってセミロングの髪をすくって鼻先に持っていけば、甘い香りが漂う美少女の肉体を、さやか自身が嫌悪していた男になぶりものにされるのを許してしまった。

深く考えると胸がつぶれてしまいそうだった。裕斗はごまかすように、目の前にあるパソコンでブラウザを開いて、適当な言葉を検索エンジンにぶち込んでいく。

（そういえば……あの彗星って、結局どうなったんだろう）

あれだけ巨大な光を放ったんだから、自分たちの住んでいる町の近くに「落ちた」のだろう。それに関する噂は学校でもさんざん聞いたが、結局本当のところはわからないようだった。

三楽町、彗星、落下……住む町の名前と、関連ワードを打ち込んで検索ボタンをクリックする。

「あっ……」

画面をスクロールしていくと、とある掲示板にたどり着いた。

どうやらオカルト関係の意見交換がされている場所らしく、匿名や仮名ではあるが複数の住人がしきりに書き込みをしあって盛り上がっているようだ。

『Aさんの予想的中だね。やっぱり三楽町の彗星は三楽神社が吸収したようだぜ』

『あれだけの規模が予想されてて、発光があちこちで観測されたのに、どこにも隕石が落っこちてないってのは神の力以外のなにものでもねぇんだよなぁ』

「三楽神社……神の力……？」

どうせ野次馬のいい加減な書き込みだ……と決めつけるには、具体的な地名や場所が書かれすぎていた。

三楽神社というのはこの町の片隅にある場所だ。立地だけは立派で、荘厳(そうごん)な階段の上に陣取っているが、ふだんは誰も近寄らないようなボロ神社。今では子供たちに肝試しスポットとして扱われているらしい。

(神の力……)

その言葉は裕斗の中に、奇妙な印象を持って残りつづけた。

自分とさやかに起きている現象だって、神かなにかの力が働いていたっておかしくない――いや、そうだと言われたほうがぜんぜん納得できる。

『この掲示板ができる前、ネットなんかが通じる前から、三楽町は神のかんしゃくだなんて言って、怪奇現象が起きまくってたらしいよ。それをおさめるために住民が分霊してもらって建てたのがあの神社。今回もその力が働いたんだね。よかったじゃん、なんの被害もなくて』

『オカルト掲示板的には大災害が起きてほしかったなー』

（神のかんしゃく……大災害……？）

書き込みを読み進めていくと、内容はどんどん剣呑なものになっていく。

もしかして自分は、さやかと違った方向から、真実に近づいているんじゃないか。

そんな高揚が裕斗を包み、掲示板の内容にのめり込んでいく。

――が。

「あっ!?」

突然スマホが震えだし、裕斗はびくりとした。友朗からのメールだ。

さやかや家族とやりとりしているメッセージアプリを使うと、プロフィールや名前で自分の中身が「裕斗」であることがばれてしまう。

だから友朗にはほとんど使うことのなかったキャリアメールのアドレスを教え、それでやりとりをしていた。

裕斗はいつもメールひとつで呼び出され、友朗に身体を許しているわけだ。

（今日も……部屋にこいって言われるのかな）

そう思っておそるおそるメールを開くと、友朗の要求はシンプルだった。

『裸の写真送ってよ』

たった一行だけ。こんなもの、知らない奴から送られてきたならいたずらメール扱いで無視するだろう。

（でも……うぅっ）

できないなんて言おうものなら、今度会ったときにそれを責められる。

（それに、逆らって……変な気を起こされたら困るし）

たとえば、今は裕斗の身体に入っているさやかを挑発するようなことをされたりしたらたまったものではない。

友朗との関係はあくまで秘密で……その秘密の中で、裕斗の立場は弱かった。

（大丈夫、少し撮るだけ……おばさんは買い物に行ってるから）

そう自分に言い聞かせて、裕斗は静かに部屋着のトップスを脱いでいく。

「裸ってことは……下も……」

何度見ても、さやかの裸は見慣れなかった。白い肌や下腹のふくふくとした陰毛を目にするたびに胸が高鳴った。

男としての裕斗が震え、この身体を別の男にいじられる嫉妬が燃え上がった。

（あ……もう、濡れちゃってる）

しかし、少女としての性的興奮はそれらを上回る。身体はこれから己の裸を撮影して、男に送りつけるという行為に期待をしてしまっていた。

「んっ……！」

ショーツまで脱ぎ捨てて完全な裸身になると、ベッドに腰掛けてスマホを構える。

どんな格好で、アングルで撮れば、友朗は満足してくれるのか。

「これで、いいかな……」

試行錯誤の結果に撮影されたさやかのポートレイトをメールに添付して送りつける。

返事はすぐに返ってきた。

『もっとエロく誘う写真にしてよ』

ドクン、ドクン……と、裕斗の内心が高揚していく。そうだ、ただの裸で友朗が満足するわけがない。

「こ、こう……かな」

ベッドの上で体育座りになる。その状態で脚を少し開くと、裕斗からは窺えないが脚の間からは、さやかの女芯がちらりと覗いた状態になるはずだ。

「んん……エッチな写真、撮っちゃう……」

自ら淫らなポーズをとり、それをカメラに収めていく行為は、どうしてか裕斗をとても興奮させた。膣穴がぢゅわりと濡れて、今撮影しようとしている割れ目が潤っていくのがわかる。

スマホのシャッターボタンを押すと音が鳴る。裕斗が確認のために画面を見ると、そこにはまぎれもない……自分の想い人の姿が写っていた。

恥ずかしそうな、それでも男に媚びる色を覗かせた顔で、秘唇をそっと見せている。

「はぁっ……！」

それを見て、さらに裕斗の興奮は強くなっていく。さやかのこんな姿、こうして身体が入れ替わることがなければ見ることはなかっただろう。

もし、たとえ自分とさやかが恋人同士になれたとしても、こんないやらしい姿を撮らせてもらえるかはわからない。本来ないはずの痴態が、清楚なさやかが絶対許さないだろう写真が、今ここにはある。

心臓が早鐘を打つのを感じながら、震える手でそれを……自分以外の男、友朗に送信しようとする。

(見せちゃうんだ。さやかの恥ずかしい写真)

罪悪感は変わらずある。でももう止められない。この姿を男に見られる——それは後ろめたさや嫉妬よりも、遥かに大きな高揚を裕斗にもたらしていた。

結局写真を送信してしまうと、またすぐに返信があった。ドキドキしながら文面を覗く。

『いいじゃん。動画も撮れるだろ？　オナニーしてるとこ送ってよ』

次に言いつけられた要求に、さすがの裕斗も目を見開いた。

「こんな……先輩、本当に変態なんだ」

だが、清楚な少女にこんなことを命じて、実際にさせることの興奮は裕斗にも理解できた。きっと友朗は、自室で股間をゆるく疼かせながら、たまらない優越感とともにさやかの画像を楽しんでいるのだろう。

この娘はもう俺の言いなりだ……そう思いながら。

「う……うぅっ」

それは思い違いではない。実際裕斗は、もう友朗の奴隷も同然だ。

この命令に逆らって、自分との関係を誰かに言いふらされたら……そう思って身がすくむのもあるし、なによりこうして男に言われて淫らなことをする甘美さに憑かれてしまっているのもある。

裕斗はおそるおそるスマホの動画機能を起動させると、ご主人様に送るための痴態を……罪悪感と、たまらない高揚とともに撮影しはじめた。

「今度はもっとエロい格好してきてよ。俺とデートなんだからさ」

「そんな服、持ってません」

「なら買ってきなよ」

結局友朗は、メールでのやりとりのあとに裕斗を外に呼び出した

ふだんは家やホテルに直行なのに、今日はもったいつけて街を歩こうと言ってくる。

当たり前のように裕斗――さやかの身体の細腰に手を回し、恋人気取りでくっつきながら繁華街を歩いていく。

（どうか、知り合いに会いませんように……）

裕斗はそう祈るしかない。

わざわざ外を出歩く友朗の意図もわからなかった。まさか本気でデートをしようと

しているわけもないだろう。

「ほら、ここで遊ぼう」

裕斗の身体を逃がさないとでもいうように押さえつけて友朗が入ったのは、街角にあるゲームセンターだった。

クレーンゲームやメダルゲームの並ぶ店内は、夏休みということもあってかそれなりに賑わっていた。

「ここ……ですか？」

友朗のことだから、またなにかいやらしいことを考えている……なんて思っていた裕斗にとっては拍子抜けする場所だった。

「そう。俺とさやかちゃんはもう恋人同士だし、記念撮影したくて」

「記念撮影……あっ」

戸惑う裕斗を、友朗が立ち並ぶボックスの中に押し込んだ。転びそうになりながらも確認すると、それは女の子やカップルをメインターゲットにしたプリントシール機だった。

（つまり、これで俺と写真を撮るってこと……？）

そんなことを今さらするのかと思うが、のれんのようになった遮光布の中に友朗も入ってきて、裕斗は撮影機の中の壁際に追い込まれてしまう。

友朗は慣れているのか、コインを入れてすぐに画面の操作を始めた。こういうものに疎い裕斗はそれをただ見ていたが、やがてマシンから明るい声色で、ポーズを取るように指示する音声が流れてきた。

「スカートまくって。パンツが見えるようにして」

「えっ!? あっ!」

急な命令に驚いた裕斗のスカートを、友朗が無理やりまくり上げた。

「いやっ、こんなの撮らないでっ」

さやかがお尻の大きさを気にして選んだらしい、布をたっぷり取ってあるスカートは、裾を引っ張られればたやすく下着が見えてしまう。

慌ててその手を引きはがそうとするも間に合わず、目の前の画面からはカメラのシャッター音が聞こえてしまった。

「撮れた撮れた、さやかちゃんの恥ずかしいパン見せ写真」

「いやっ! 消してください」

シール機の画面には、無理くり下着を露出させられたさやかの姿が映っていた。

(さやかが……こんなの撮られて!)

その画面を見た瞬間、胸がドクンと高鳴った。

「なに恥ずかしがってるの？　さっきはオナニーしてるところまで送ってくれたのに、パンツ程度で嫌なのかよ」

そうだ。自分はついさっきこの男の命令に従って、さやかの身体を使った淫らな動画や写真を送ったばかりだ。

「すっごいエロい動画だったじゃん。あんあん言いながらクリトリスいじくって、俺のこと考えながらマンズリしてくれたんでしょ？」

「ううぅ……お願いです、そんなこと言わないで」

確かに自分でしたことだが、それを友朗に改めて言われるのは恥辱だった。

「よし、次はオナニー写真も撮ろうか。ここで」

「そ、そんなの無理です！」

「やるんだよ、馬鹿」

友朗は邪悪に笑うと、急に獰猛になって裕斗のことを背後から押さえつけた。画面からは次のポーズを取るようにアナウンスが聞こえてくる。

「ほら、早くしろ。パンツをおろしてマ×コをいじるんだよ、さっきみたいに」

「いや……いやっ、あぁっ……！」

必死で男の腕をふりほどこうと、少女の身体であがくが無駄なことだった。

友朗の手が下着をずりおろし、裕斗の指を秘唇にあてがおうとしてくる。もはや最後には抵抗は無駄だと察して、マシンからシャッター音が聞こえるのを諦めと共に聞いた。

「けっこうそれっぽく撮れたな」

撮れた写真の確認画面がまた表示された瞬間、裕斗はごくりと息を呑んだ。

また裕斗の男としての部分が、大写しになったさやかの痴態に反応してしまったのだ。

「あうっ……あっ、はぁっ……」

唇から熱い吐息がこぼれる。

無理やりやらされたものとはいえ、こんな布一つ隔てた向こうにはいくらでも人がいる場所で、さやかが下着を脱いでいる。その背徳感と倒錯した興奮は、抑えきれるものではなかった。

裕斗のその感情は、今こうしてさやかの肉体に入っている以上、女の興奮として身体にあらわれてしまう。下着をおろされてむき出しになった秘唇がじわりと湿り、上着の中で乳首がきゅうっと尖った。

そして、そんな発情のサインを見逃す友朗ではなかった。

「その気になってきたじゃん。立ったまま本当にオナニーしなよ」

「い……いやです、そんなのできない」

「ふうん。こんなに濡らしてるくせに」

「ああっ！　ダメっ、あっ、触っちゃ……んんっ」

友朗の指が、裕斗の秘唇を撫で上げた。さやかの可憐なものではなく、男のごつごつした手指に触れられる心地よさに一気に意識を持っていかれてしまう。

（どうして、男に触られるとこんなに気持ちいいの……）

やっぱりさやかの身体は、異性との触れ合いに過敏に反応してしまうとしか思えなかった。

「もうクリも皮からはみ出して勃起してるな。このままいじったら写真機の中でイケるんじゃないの」

「あっ、あうっ……いやぁ、い、イキたくないの……」

ぬちっ、ぬちっと、秘唇から淫らな音が響いてしまう。乱暴だが巧みな手つきの二本指に、敏感な肉芽が挟み込まれた。愛液の滑りを利用して、リズミカルに粘膜を撫でつけてくる。

「あんっ、あぁっ、あっ……あぁ……気持ちいい……」

たまらずそんな声をあげれば、友朗が喉を鳴らして笑った。この敏感すぎる少女の肉体を、思いどおりにするすべを知りきっている顔だった。

「しょうがないな。今は俺がいじってあげるよ」

「ああぁあああぁあっ！」

クリトリスを挟んでいた指が、急にギュッときつくなった。感覚の集まりのような肉の尖りを、つねるように強くしごき上げてくる。

「いやぁっ、本当にイッちゃう！　あっ、あっ、あ……！」

「そんな大きい声あげて、外に聞こえてもいいの？」

「……！　いやっ、いやです……あぁっ、あぁああぁああっ」

煽るようなことを言っておきながら、友朗の手つきはさらに激しくなる。裕斗の急所を何度も擦りたて、強制的に絶頂に追いやっていく。

「あぁっあぁっ、イッちゃう、あぁ、イク、あっ、あ……ああぁあっ！」

ほどなくして限界が訪れた。下腹部で膨れた真っ白い心地よさが、破裂したように全身に伝わる。脳に飽和していく快感の余韻と、うっすらとした破滅の感覚。

（イッちゃった……こんなところで、無理やり触られて……）

写真機の中で崩れ落ちそうになる少女の身体を、友朗がしっかりと支えた。

そしてタッチパネルのあたりにもたせかけると、当人は余裕の顔で遮蔽布の向こうに顔を出す。

「ほぉら、よく撮れてるよ。見て」

「あっ……！」

写真の取り出し口から排出された、さっきの裕斗の……さやかの痴態がプリントされたシールを見せつけてくる。

「い、いやっ……ダメ、こんなの！　捨ててください！」

二分割された用紙に、さっき画面で見せられたとおりの恥ずかしい写真が載っていた。女の子が友だちと集めるかのようなものに、信じられない姿が印刷されている。

（どうしてっ……こんなことさせられちゃうの……）

その非現実的な光景と羞恥に、絶頂させられたばかりの裕斗の頭はくらくらした。

（さやかの身体で、どんどん変なことしちゃう……させられちゃう）

「これを裕斗に見せてやろうか」

「……えっ!?」

友朗の言葉に、一気に現実に引き戻された。

「知ってる？　これアプリに登録すれば、スマホにも同じ写真送れるんだよ」

「い……い、い」

今の裕斗にこれを見せる。それはつまり、さやかにこんなことが知られてしまうということだ。

「ぜっ、絶対だめ！　やめてください！」

裕斗はそのときばかりは友朗の奴隷ではなく、必死の少女として叫んだ。

焦りと絶望から涙まで滲む瞳で、目の前の外道をにらみつけた。

「へへっ、泣いちゃってんじゃん。まだ裕斗のこと好きなんだな」

「す……好きとか、そういう問題じゃなくて」

「楽しいなぁ、もう両思い秒読みだったあんたたちをこうやってかき回すのは」

その恐ろしい言葉の響きに、裕斗は背筋が冷たくなった。

あれだけ優しくしてくれていたはずの友朗の仮面がはがれ、どんどん鬼畜としての側面が現れてくる。今こうして見せている顔こそが本性だろう。

なのになぜ裕斗を気にかけてくれたのかはわからないが……とにかく、惑わされてはいけなかったのだ。

（でももう、遅いんだ……）

気づくのが遅すぎた。この身体の本来の持ち主……さやかの直感こそが、本当に正しかったのだ。

『先輩、ちょっと怖いんだ』

そう言ってうつむいていた彼女のことを思い出す。あれはきっと悪い噂を聞いてのことではなかった。ああして裕斗に優しくしておきながら、裏ではさやかにちょっかいをかけるような二面性を目の当たりにしてのことだったのだろう。

「記念撮影はしたし、次のデートスポットに行こっか」

邪悪に微笑む友朗の顔。

(さやか、ごめん……ごめん、本当に……)

自分はこの男から逃れることができない——そう実感して、裕斗はただ胸の中でさやかに謝りつづけた。

「ああ、そうだ」

そして目の前の悪魔は、さらにニヤリと口角をつり上げた。

「移動が楽しくなるように、パンツもブラも脱いじゃおうか。脱げよ」

そう言って、膝のところまでずり下げられたままのショーツを無理やり足から引き抜こうとする。

抵抗しようとするも身体に力が入らず、そのまま下着を没収されてしまった。

「いや！　ブラは取らないで……ああっ」

そして今度は裕斗のTシャツをまくり上げると背中に乱暴に手を回し、ホックを外してブラまでむしり取ってくる。

急に頼りなくなってしまった女体に、裕斗はそわそわと身じろぎした。

友朗はにやつきながらシャツとスカートを整えさせたが、それは親切ではなく、布一枚隔てたことでよけいに引き立つ、下着のない身体の淫らさを確かめるためのようだった。

「もう乳首も勃っちゃってるな。こんな格好で外歩いたら、変態女だと思われるよ」

「うぅっ……ブラ、返してください」

友朗の言うとおり、充血して尖った乳首がTシャツを押し上げて目立ってしまっている。ちらりと見ただけで、ブラジャーをしていないことが丸わかりだ。

（こんな格好で外歩くなんて……無理、恥ずかしくて死んじゃうよぉ）

しかし、同時に想像もしてしまう。

こんな姿で往来に出たら、きっと誰もがさやかに注目する。

（さやかの裸が……みんなに見られて……）

この娘が淫らな存在だということが、友朗以外の人間にも知られる。

きっとみんな、さやかをとんでもない女子高生だと思い込んで、あれこれ想像するだろう。

その好奇の視線に晒されることは……。

「……く、ふぅううっ……！」

熱い吐息がこぼれてしまう。

「楽しいデートになりそうだな」

友朗は、そんな裕斗を見て舌なめずりをする。

3

わざとらしく裕斗の腰を抱いた友朗が次に目指したのは、一番最初に裕斗が連れていかれたいかがわしいホテルのある通りだった。

(また……あのホテルに連れていかれるのかな)

そう思ってそわそわと身体を疼かせる。

ただでさえ下着を取り上げられて、身も心も敏感になっている。これからされることへの恐怖とも期待ともつかないものが、裕斗を包み込んでいた。

しかし、友朗はホテル街をあっさりと通り抜けていく。

「なんだ、ガッカリした？　今すぐホテルに入りたかった？」

「ちっ、違います！」

裕斗の戸惑いを簡単に見抜いて笑い、公共の場だというのに身体をべたべたと触りだす。

「ちょっと……やっ、やめ……て」

夏用の薄いTシャツの上から、乳房を確かめるかのように胸に触れる。裕斗が身をよじるのもかまわずどんどん大胆になり、襟ぐりから手を入れようとしたりもする。

「先輩！　本当にやめてっ」

「馬鹿、でかい声出すなよ。周りが注目しちゃうじゃん」

逆に叱るように言われて、裕斗はうつむいた。

実際大声を出したことで、大通りに比べれば少ないとはいえ、あたりを歩く人々の視線がこちらを向いたのを感じ取った。

（いやぁ……勃起乳首……見ないでぇ）

今はブラをつけてない上半身が丸見えなのだ。そんな状態で人に注視されるのは、耐えられないほど恥ずかしかった。

裕斗がおとなしくなったのをいいことに、身体をまさぐる手が再開される。

「やっぱりさやかちゃんのチャームポイントは、お尻だよね」

「あぁ……あっ……！」

スカートの上から、必要以上に発育した少女の桃尻が撫でつけられる。いやらしい手つきに裕斗はおびえ、それと同時に興奮を認めざるをえなかった。

さやか自身も気にしていただろう大きなお尻。裕斗も目を奪われて仕方のなかった部分。そこをこんな男に無遠慮に撫で回されている。

「ほんとに大きい。今までいろんな女とやってきたけど、さやかちゃんのお尻が一番大きいんじゃないかな」

「そんなこと、言わないで……あぁっ！」

裕斗が恥じらいで頭を振っていやいやをすると、今度はスカートの裾が持ち上げられる。

「ダメっ、お尻見えちゃう！」

今の状態でこのいたずらは、ただのスカートめくりなんていう可愛いものではない。

裕斗の――真面目で優しい少女さやかの尻や下腹部を、公衆の面前で露出させようとする悪魔のような行為だった。

「見せてやればいいじゃん。さやかちゃんだって見られたいでしょ」

その言葉にさらにぶんぶんとかぶりを振ったが、友朗はさらにエスカレートする。

「さっきも興奮してたし、もうマ×コがぐちょぐちょなんじゃないの。確かめてあげるよ」

「あっ……！　イヤッ、あぁっ！」

急に道端に寄ったかと思いきや足を止めて、秘唇をまさぐりはじめた手に驚きの声をあげてしまう。

だが同時に、指で触れられた股間がくちゃりと音を立てるのを、裕斗ははっきりと聞いてしまった。

（いや……いや、ばれちゃった……）

羞恥心でうつむくしかない。そんな裕斗を勝ち誇った顔で見おろす友朗の視線を感じて、さらに恥辱が増していく。

「感じやすくて、お尻がでっかくて、しかも露出好き。たまんない子だな」

「うくぅっ……うぅぅ……」

写真機の中でいじられた興奮も引かないまま下着を奪われて、セックスを想像させるように通りを歩かされる。しかも通行人の視線を浴びて……。

裕斗はその行為に、完全に発情してしまっていた。友朗の言葉を否定できない。

(だって、さやかが……さやかがこんな目に遭って……)

自分の好きな子が、自分のせいで淫らなことをさせられて。

本当のさやかだったら、絶対に拒否するはずのことだ。それを自分がさせてしまっている。嫉妬混じりの興奮、引き返せないと言う背徳感——そして友朗に与えられる快感を想像しての期待が、男女入り交じる複雑な裕斗の身体をぐずぐずに乱していた。

「変態だ」

「そ……んな」

「変態のさやかちゃんを、楽しいところに連れてってあげるよ」

そう言って友朗は、股間をまさぐっていた手を再び裕斗の腰にやった。

そして歩いていた通りの中に立つ、薄汚い雑居ビルの入り口に押し込んだ。

「ここって……?」

汚れた外壁に、入ってすぐに階段に面した作りの建物だ。不安になって友朗を見上げると、相変わらず彼はにやにやと笑っていた。

「ほら、上がって」

促（うなが）されて仕方なく、裕斗はスカートの裾を押さえながら階段をのぼった。その後ろから、尻をじっと見つめる視線を感じて赤くなってしまう。

もじもじしながらやっと二階へ上がると、ピンク色の看板が掲げられた小さな店にたどり着いた。

「これから俺が言ったものを、この店で買ってくるんだよ」

あとから入ってきた友朗が言った。

（ここ、お店なの……？）

看板からも、すりガラスの扉からも、なんの店なのか想像することができない。

だが友朗が店の扉を開けたとたんに視界に入ってきたもののせいで、裕斗は一瞬ですべてを理解した。

入ってすぐの壁に、男性器をかたどった真っ赤なものが置かれていた。他にも色とりどりの玩具や、粘度の高そうな液体の入ったボトルがずらりと並んでいて、年相応に大人の世界に興味と知識がある裕斗は、そこがアダルトショップなのだと気がついた。

まさか自分が住んでいる場所の近くに、こんな店があるなんてことは想像もしなかったが。

「お小遣いあげるから、そのでっかい尻に埋もれたケツの穴に入れたいものを買ってきてよ。自分で選ぶんだよ」

「えっ！　そんなことできません！」

「行けよ、ほら。俺は一階で待ってるから」

友朗は財布から千円札を三枚ほど出すと裕斗に押しつけた。そして狭い店内に、あどけない少女の身体をぐっと押し込んでしまうと、自分は涼しい顔で階段を下りていく。

取り残された裕斗は、心細い気持ちで震えながら店内を見渡した。やるしかない。できないなんて言って手ぶらで戻ったら、なにをされるかわかったものじゃない。

「う……うぅ」

狭い店の中に、まるで迷路のように棚が配置してある。どぎつい女の裸の写真集やＤＶＤ、入り口で見たような毒々しいアダルトグッズが、所狭しと並んでいた。

（どうすればいいの……？　どれを買っていけば……）

裕斗は泣きそうになりながらきょろきょろと棚を見て回る。

友朗は尻に入れるものを買ってこいなんて言っていたが、どんなものが適しているのかなんてわかるわけがない。

さすがの裕斗も、まさか女の尻を責める玩具の知識まではなかった。

「……」

(あっ、いや……あの人、こっち見てる……)

夏だというのに長袖を着込んだ男が、DVDの棚の陰から裕斗のことを舐めるように眺めていた。

(い、いやぁ……)

そして、裕斗はそこで自分が下着をつけていないことを思い出す。こんな場所に、明らかに未成年の少女がひとり、しかも服の上から乳首を浮き立たせた格好で入ってきて、目立たないわけがなかった。

分厚い眼鏡越しの視線が、ねっとりと裕斗を撫で回す。おぞましさと羞恥心で全身の皮膚が粟立ってしまう。

(あぁ……でも、どうして……オマ×コ、またうずうずして……)

その無遠慮な視線を感じれば感じるほど、スカートにかろうじて隠された秘唇がじわじわと湿っていくのを感じる。

小さく震えながら店の棚の前を足早に行き来して、その一角に、他のバイブレーターや張形に比べると、ずいぶん小ぶりなものが並んでいるのを見つけた。

（これくらいなら、お尻の穴に入るかも……）

大きめのイチゴを逆さにしたような三角形の玩具を手に取り、いそいそとレジに急いだ。

会計を担当した中年の男も、無遠慮な目で裕斗をねめ回した。恥辱に身をすくませながらなんとかお金を払い、店を飛び出して友朗の姿を探した。

「ちゃんとおつかいできた？」

友朗はけらけら笑いながら、真っ赤になった裕斗を見た。そして手渡された紙袋の中身をあらためると、露骨に不機嫌になった。

「ずいぶんちっこくてへボいの選んだじゃん」

「え……？」

「こんなの入れても楽しくないでしょ。もっと、そうだな……団子みたいに球が連なってるやつとかあっただろ。そういうの買い直してきて。これは返品」

「そんなことできません！」

裕斗はさらなる羞恥を想像してぞっとした。しおらしい顔で、さっきも自分を興味津々といった顔で睨みつけてきた客や店員に頭を下げて「返品させてください」なんて、言っている自分を考えると倒れ込みそうだった。

「お願いです。もう、恥ずかしいことさせないで……」

「やだって言うなら、今度は裸であの店に放り込むか」

「……！」

この男なら、やると言ったら本当にやる。

裕斗はさやかの身体でがくがくと震え……同時に疼く下腹を抱(かか)えながら、仕方なくきびすを返し、さっきの店の扉を再びくぐった。


「あっ、あふぅっ、ふくぅぅぅうーっ……!!」

友朗の命じた「おつかい」を終えると、また無人で散らかった彼の家に連れ込まれた。友朗のベッドの上でいつものように後背位で侵されているさなかに、さきほど買った球体が連結したような形の玩具を、尻の穴にゆっくりと挿入されてしまった。

「ふぁっ、あふっ……あうぅぅうっ」

肛門を襲う圧迫感に、裕斗はふぅふぅと喘いだ。そうしている間にも膣粘膜をペニスで貫かれ、ゆるゆると動かれている。熱い肉幹が、突起の密生したような敏感な部分を擦り上げていく。

(お、お尻……すごくヘンな感じなのに)

尻に異物を挿入される苦痛が、膣への刺激と同時に行われると奇妙な感覚に変異していく。神経の集中した肛門付近を球体が通り抜けて直腸に向かうのが、今の裕斗にとっては愉悦だった。

「おひっ、お尻、あぁ……気持ちいい」

つい口からそんな言葉が出てしまう。それを聞いて友朗が笑ったのが、密着させた肌から伝わってきた。

「さやかちゃん、当然ケツ穴も処女でしょ。なのにこんなに感じるの？」

「あくぅ、あぁ……」

「もしかしてアナルでオナニーとかしてた？」

「しっ、してません」

——本当に？

自分がさやかの身体に入ってからは、この後ろの穴なんて触れもしなかった。

だが……さやかは、この肉体の本当の持ち主はどうだろうか。こんなに感じやすい身体を持て余して、まったく手をつけずにいられたのだろうか。

（もしかして、さやか……お尻でオナニーしたり、してたのかな……）

そう考えた瞬間、裕斗の下半身がカアッと熱くなった。さやかが、自分の恋する女の子が、一人でこっそりと尻の穴をいじって吐息をこぼすところを想像する。

(そんなの、いやらしすぎるよ)

でもきっとしていたに違いない。これほど敏感な身体は、もちろん生まれ持ったものもあるだろうとは思うが、きっとさやか自身が少しずつ育ててきたのだろう。裕斗はそんな確信めいたものを持つようになっていた。

女として友朗に犯されながら、内心では男としてさやかに興奮する。

しかしこの肉体は今さやかなのだ。裕斗の興奮はとろりと滴る蜜になって、膣穴の中を潤わせた。

「うわ、お尻がキュッてなった」

「うくぅうぅぅ……！」

同時に連なった球体を二個ほど挿入された肛門も、急激に感度を上げていた。玩具を咥え込んだままきゅうきゅうと引き締まり、よけいに異物を感じ取ってしまう。

(お尻とオマ×コ、つながってる……どっちかが気持ちいいと、もう片方も気持ちよくなって……おかしくなっちゃう)

膣穴が震えれば、それが肛門にも伝わる。尻穴が痙攣すれば、それが膣穴にも伝播(でんぱ)して甘美な刺激を生む。

きっとゆるやかな麻薬というのはこんな感じに違いない。裕斗はそんなことさえ思った。こうして連鎖する快感があれば他になにもいらないくらいだった。

「こんないい女、今まで他の男に取られてなかったのが奇跡だな。裕斗に感謝しなくちゃなぁ」

「うっ……ゆ、裕斗……裕くんのことは」

「なんだよ、言うなって？　いいねぇ、浮気っぽい」

自分のことを笑われているのにも、屈辱以上にぞくぞくした。

さらに興奮のボルテージを上げる裕斗を加速させるように、友朗が尻に入り込んだ玩具を揺らす。狭い門がこじ開けられていく感覚が、ぞくぞくと背筋を駆け上がる。

裕斗の——さやかの順応の早い肛門からは、玩具をねっとりと濡らすように腸液が溢れ出していた。それが出入りをよりスムーズにして、さらに快感を呼び込んでしまう。

「あふぅっ、ふぅ、お尻ぃ……あぁぁ、あぁぁあっ！」

裕斗は頭を振って悶えた。球体のせいで閉じたり開いたりさせられる尻穴の感覚と異常な快楽が、くっきりと脳に刻まれていく。

「なあ、今度は裕斗もうちに呼ぼうか。こんないい身体、俺が独占してたんじゃもったいないからな」

「ふあっ、そ、それは」

「裕斗の童貞、もらってあげなよ。この濡れまくってるオマ×コでさぁ！」

「あぁぁあぁぁっ！」

ずんっ……と腰が突き込まれ、胎の奥を一気に押し上げた。子宮の入り口を亀頭でクチクチといじめられる快感が、肛門への刺激で煮やされた肉体に深く突き刺さる。

「あひぃ、ひぃ、裕くんはだめです……あぁぁっ！」

なにかを考えるのが難しい頭の中で、それでも必死に拒む。裕斗を——今のさやかに、こんな姿を見せるわけにはいかない。

「なんだ、残念」

特別そうも思っていなさそうに吐き捨てると、友朗はさらに腰の動きを加速させた。女を気持ちよくさせながら、自分も射精へと駆け上がるための激しい摩擦を始める。

「くううっ、お、おち×ちん……中、擦ってるぅ……！」

その乱暴な腰づかいも、今の裕斗にとっては快感だ。膣内のざらざらした壁を擦られ、子宮口を何度も突かれ、そしてときどき妙味のように尻穴の玩具を揺らされる。

中毒になりそうな悦楽の中で、裕斗も絶頂に向かっていくのを自覚する。

「あぁ、イク、イッちゃう、きちゃう、ああ、ああっ——！」

裕斗の身体がビクンと脈打った。ベッドの上に四つん這いになった四肢が揺れ、崩れ落ちそうになるのを友朗に無理やり押さえつけられる。

「ひぃっ、あっ、イッてるの、イッてるんです、つ、突いちゃ……あぁっ！」

腰と尻を潰れそうな力で掴まれ、憎しみすら感じるピストンで突き上げられて、絶頂したばかりだというのにさらに高いところへ追いつめられていく。

（こんなのおかしくなっちゃう……何回でもイッちゃうよぉっ！）

延々と続く絶頂感に震え、それでも止まらない男の動きに翻弄され、そんな自分の痴態に男として興奮し、快楽の自家中毒になった裕斗は、どこまでも昇り詰める。

「イクぞ、さやか……はぁっ！」

「ああぁっ！　きて……きて、んあぁあぁあっ！」

裕斗がそう叫んだ瞬間、熱しきった膣内で白濁が爆ぜた。肉竿に巡った血管がドクドクと脈打ち、子宮口にめり込んだ亀頭からおびただしい量の精液がぶちまけられていく。

「出てるぅ……あぁ、精液、出ちゃってる……中で……ふあぁっ！」

裕斗の身体は再び絶頂に震えた。射精に膣壁を灼かれる感触は、甘美で破滅的な快楽をもたらしてくる。

「ふぅ……くぅ、ふぅぅぅぅっ……！」

「はぁ、あぁ……またいっぱい出しちゃったなあ」

震える裕斗の粘膜に満悦の友朗は、からかうように少女の豊満な尻をぺちぺちと叩いた。その微々たる刺激すら、今の裕斗にとっては心地よかった。

「ほぉら、抜くよ」

「あっ……あふぅ、ふぅんっ！」

精を出しきったペニスが、ゆっくりと膣内から引き抜かれる。

（あぁ、抜けちゃう……おチ×ポ、出ていっちゃう……）

その感覚を名残惜しく思う自分を恥じながら、裕斗は身震いした。

「ああ、待った。せっかく出した精液が出てこないようにしとかないと」

「あうっ」

そう言って友朗は、これまた冗談めかした態度で、四つん這いの裕斗の大陰唇を左右から押さえつけてふさいだ。

「しばらく中に入れておいてよ、俺の精子」

「う……ぅ、妊娠……したら」

「そんな簡単に当たらないから大丈夫」

「でも……あっ！」

友朗は裕斗の気を紛らわすように、尻に入れたままの玩具に手をかけた。

「あふっ、あぁ、いやぁ、動かしちゃ……あぁぁんっ」

ぐりぐりと肛門付近をえぐられる感触に、女性器で感じるのとは違った震えを起こしてしまう。

「ふあぁ、あぁ、あっ、あっ、んっ……」

友朗が玩具を出し入れするペースに合わせて、裕斗の唇から少女の可愛らしい声が漏れた。初めて知る肛門快楽は、ただでさえ気持ちのいいことにどん欲になっている裕斗にとっては劇物のようだった。

「裕斗はどう思うかな、さやかちゃんがケツの穴までいじられてるって知ったら」

また〝自分〟のことを口にしだした友朗にびくりとするが、尻穴をいじる手も止まらない。友朗は女の肛門をもてあそぶのも巧みだった。

「ど、どうして……そんなに、裕くんを気にするんですか」

震えながらも、おそるおそる振り返って口にする。

「あんな、いい先輩みたいにしておいて……どうして傷つけようとするの」

そう問いかけたときの友朗の顔は、一生忘れられないだろうと思ってしまうほど邪悪な輝きに満ちていた。

「なんかさぁ、一所懸命でけなげな奴っていじめたくならない？　男でも女でも」

友朗はこれ以上ないほど歪んだ笑みを作っている。

「俺ねぇ、まず目をつけたのはさやかちゃんだったんだよね」

「それは……あんッ」

怯えながらも、神経の密集した尻の入り口をいじられると声が漏れてしまう。微妙な性感を高められながら、裕斗はそわそわと友朗の言葉を聞く。

「でも付き合ってるっぽいのがいるなって裕斗に目が行ったわけ。さやかちゃんも知ってるでしょ、あいつが英検受けたときの……」

（……！）

顔には出さないようにしながらも、裕斗は衝撃を受けた。

今の学校に入学したばかりの頃だ。以前からの友人だった男子生徒たちと揃って、比較的得意科目だった英語の検定を受けたことがあった。

「中学からの友だちといっしょに受けて、あいつだけ受かっちゃって他全員落ちたんだってさ。親友だったんだか知らないけど、それでちょっと孤立してて」

「……っ、そ、それが、なんで」

「そういう愚直な奴ってさー、いじってやりたくなるじゃん。こいつを観察してると退屈しなさそうだなって思って声かけたんだよね」

ドクン、ドクン、ドクン……裕斗の心臓が嫌な音を立てだしている。

「もちろんさやかちゃんが最高にタイプってのもあるんだけどさ、俺とさやかちゃんのこと知ったら、あいつ、でっかい感情に呑まれてわけわかんなくなりそうだよな」

「……う……う」

「想像すると愉快じゃない？」

「愉快……なんて、あぁぁあぅっ！」

この男はとんでもない悪者だ。今までも感じていたが、改めて理解する。少しでも心を許した裕斗が馬鹿だったのだ。

（先輩、本当に悪い奴で……近づいちゃいけなかったんだ。さやか……）

「ほらほら、どんどんお尻開発してあげようねぇ」

「ひぃっ！　いやっ！　あっ、あっ、あぁあぁっ！」

しかし同時に、女の身体をいじるのが上手すぎる男でもあった。

「やめてぇ、お、お尻……これ以上したら……んんぅうぅっ！」

こんな男に捕まって、逃れられる者なんているのだろうか。たとえ心底邪悪な人間だとわかっても、彼から与えられる快感を断ち切れる女の子はどれくらいいるものか……裕斗はそんなことを、白く染まっていく頭で考えた。

「はぁっ、あぁっ、あふ、あっ、あっ……お、お尻ぃ、本当に……感じるようになっちゃうぅっ……！」

「もう感じてるだろ。ほぉら、奥までずぶっと……」

「あぁあぁあぁっ」

浅い出し入れを繰り返していた玩具が、ついに奥深くまで挿入された。敏感な肛門部を通り、熱い直腸にまで異物感が差し込まれてくる。

「ああ、こら。そんなにマン汁出したら、精液が流されちゃうって」

いつの間にか解放された秘唇の真ん中から、重さのある精液と同時に、あとからあとから溢れてくる愛液が垂れてくるのがわかる。

さかやの肉体は、完全に尻穴での快楽をものしてしまっていた。

「こぉんなにでっかいお尻の真ん中の穴が感じやすいなんてねぇ、本当に掘り出し物だよ。さやかちゃんは」

「うくうぅっ……」

モノ扱いされることで、友朗の悪性をさらに感じ取る。

（でも、もう……逃げられない……）

裕斗は恐ろしくなりながらも、敏感すぎる女体がこの男から逃れるすべなどないことをもう、ほとんどわかってしまっていた。

第四章　肛門開発

1

（変なことになっちゃった……）

裕斗は手に握ったものを眺めながら、ごくりと固唾（かたず）を飲んだ。

友朗にデートとは名ばかりの恥辱を味わわされた日、ホテルから出た友朗は、裕斗を辱めたアダルトグッズの店に再び足を踏み入れた。

おみやげだと言われて手渡されたのは、ホテルの中で使ったものよりもだいぶ小ぶりな——裕斗が最初に買っていったものとそっくりなアナルプラグだった。

「俺と会えないときは、これをケツにはめて過ごしなよ。尻の穴を拡げておいて、俺のチ×ポを入れられるようにしておけよ」

そんなこと言いつけられてしまった。

もちろんそんなの、ただの戯言(ざれごと)として無視することだってできた。

「んくっ……ふ、ふぅぅっ」

だというのに裕斗は、愚直にもその言いつけを守ろうとしていた。

ゆっくりと口で息を吐き、それに合わせてまだ拡がっていない肛門の筋肉がわずかに開くのを感じる。

「あ……な、慣らさないと……なにか……」

さすがにこのまま、乾いたアヌスとプラグではうまく挿入できないというのはわかった。きょろきょろと部屋を見渡したが、都合よく潤滑剤になるようなものがあるわけもない。

裕斗は再び固唾をのむと、自分の——さやかの細い指を口元に近づけ、そっと唾液を垂らした。

美少女の口の中はしっとりと潤っており、口の中を探ってから舌を突き出せば、とめどなく涎が溢れてくる。

「んふぅ、はふ……はむぅっ」

唾液を絡めてぬめった指で、ヒクつくアヌスにそっと触れた。

「あふぅ、あぁっ……あぁ、お尻、舐められてるみたい……」

濡れた指で肛門をなぞると、まるで舌で愛撫されているかのような錯覚を起こす。

興奮ぎみだった心身がさらに高揚し、尻穴への刺激を期待する気持ちがどんどん強くなっていく。

肛門のみぞの感触を確かめるように指を動かしたあと、真ん中のすぼまった穴に触れる。指の第一関節を、すぐにキュッとした圧迫感が襲った。

「ひくぅっ……お尻、指、入るぅ……」

すでに友朗に巧みにいじられた経験から、その締め付けに臆さずに奥へ進めば、苦しさと快感が同時に襲ってくることをわかってしまっている。

口の中にいくらでも湧く唾液を飲み込みながら、裕斗は肛門の先に指を突き入れていった。

「あぁっ！　あふ、あぁっ……これで、おなかの中……ゆるめれば……」

きつい締めつけの肛門を通過し、膣穴よりも温度の高い直腸へ触れる。脳が痺れるようなぞくぞくを味わいながら、この肉門を拡げることを意識していく。

（あん……だって、おもちゃを入れないといけないんだから……）

小ぶりとはいえ、指よりはずっと太いものを入れて過ごさねばならない。痛みを少なくするためだから――そう自分に言い訳しながら、裕斗は肛門快楽の深みにはまっていく。

人差し指を真ん中ほどまで挿入して、腸壁をぐりぐりとかき回すように動かしていく。ねっとりした粘膜をこねあげるたび、甘美な刺激が裕斗の背筋を走っていく。

「あふ、お尻……どんどん拡がってっちゃうよぉ」

さやかの肉体は、気持ちいいことに関してまことに優等生だった。

友朗に指摘されたとおり、膣穴だけでなく肛門もすぐに快楽をものにしていく。

(やっぱりさやか、自分で……お尻もいじったことあると思う……)

そうでもないと、こんなに感度が高いことへの説明がつかない。

「こうやって、おばさんに隠れて……部屋の中で、くちゅくちゅって……」

乳首やクリトリスでは飽きたらず、より強い刺激と背徳を求めて……。

(そんなのエッチすぎるよぉ……さやか、さやか……!)

また裕斗の中で、男としてのさやかへの欲情が強くなる。

それが膣穴を潤ませ、連動するように肛門をぎゅうっと収縮させた。

「あぁっ」

そして同時に、いきなり感度が跳ね上がってしまう。

高ぶりに任せて指の動きを加速させ、派手な円運動で肛門と直腸をこねくり回す。

異物を拒むようだった締めつけが、まるで裕斗の指に媚びるかのような甘疼きに変化していく。もっと奥にほしい、そんな願望を伝えてくるようだった。

(今なら……入る気がする)

指を引き抜いて、改めてアナルプラグを手に取る。

「んっふ……はふ」

そして今度は三角錐状のプラグの先端に舌と唾液を絡ませ、つるりとした表面を濡らしていく。

たっぷり唾をまぶして潤滑剤がわりにすると、また口で呼吸をして肛門を拡げながら、その緩やかに尖った先端を窄まりに押しつけた。

「あはぁっ……！　は、入るっ……あくぅ、うぅ、うぅっ」

ゆっくりと、硬質なプラスチックの玩具が肉門に入り込んでいく。指よりもずっと大きな威圧感に震え、それでも手が止められない。

「うあぁっ……あぁっ、一気に……！」

そして半ばまで挿入してしまうと、プラグは肛門の中に逃げ込むようにつるんと滑り込んでしまった。

「……はぁっ！　はぁ、はぁぁっ……うっふ、全部、入った……あぁぁぁ」

その場にへたり込みながら尻を突き出し、直腸に侵入した異物にがくがくと身震いする。全身の肌が粟立ち、異物感が連続で痙攣を送り込んでくる。

「これを入れたまま過ごすなんて……無理ぃ」

こんな快楽と違和感にさいなまれながら、日常生活を送るなんて想像できない。

（で、でも……）

この小ぶりなアナルプラグを挿入するだけで、この快感なのだ。

「これで、友朗先輩のオチ×ポが入ったら……どうなっちゃうの……？」

胸がずくんと疼いた。ここにあの熱くて硬いペニスが挿入されたら……いったいどれほどの気持ちよさが襲ってくるのだろう。

想像するだけで全身の毛穴が開いて、快楽の予感に震えてしまう。

「……んくっ」

そのためには、これを入れて過ごさなければならない。

肉欲に溺れかけた裕斗は、自分から深みにはまり込んでしまう。

ふぅふぅと息を吐いて起き上がる。少し体勢が変わっただけで、中の玩具が当たる場所が変わって、尻の奥から波紋のような愉悦を伝えてくる。

どうにか身体を支えながら下着とスカートを穿き、見てくれだけはいつもの「古川さやか」に戻る。

ひと目見ただけでは、この可憐な少女の肛門に玩具がねじ込まれているなどとは誰も思わないだろう。

「こ、これで……ひぃっ！」

どう過ごすべきかと思っていた裕斗は、急に鳴り響いた玄関チャイムの音にびくりとした。さやかの両親は外出中だ。自分が応対するしかない。

尻に入れたばかりの玩具を抜こうとも考えたが、そんな裕斗をせかすように何度も、ピンポン、ピンポンとチャイムが鳴り響く。

「待ってください、い、今出ますっ……！」

きっと宅配便かなにかだ。少し受け答えするくらいなら大丈夫……そう思ってばたばたと部屋を出て玄関へ急ぐ。歩くとそれだけ、尻から伝わる波紋が小刻みに増えた。

「ど、どちら様」

「裕くんっ！」

「え!?」

玄関ドアを開いた瞬間に目に入った自分の顔に、裕斗は驚いて倒れそうになった。

「さ……さやか！　どうしてここに」

裕斗の身体に入ったさやかが、事前の連絡もなしに訪ねてきたようだった。

「お母さんは今、いないでしょ？」

「うん、いないけど……」

（これ、まずいんじゃ……！）

裕斗の全身から、快感とは違うもので汗が噴き出してきた。

そうこうしている間にもさやかは靴を脱ぎ、久々の「我が家」に上がり込んできた。

手には学校指定の、裕斗の鞄を持っている。

「さやか、待って……！」

裕斗の焦りなど知らず、さやかは廊下を渡って自分の部屋に入っていく。

まさか「今お尻におもちゃが入っているから帰って」なんて言えるわけもなく、仕方なく裕斗はその後ろについていく。

（まずいよ……本当にまずいよ……！）

焦りと、歩くたびに入ってくる尻穴からの威圧感に、裕斗はブルブルと震えた。

「裕くん、最近ろくに返事くれないんだもん」

部屋の……自分の勉強机に、学生鞄の中身を取り出しながらさかやが言う。

さやかの言うとおり、最近はさやかからスマホに送られてくるメッセージにもあまり返事ができていなかった。

「ちゃんとネットで調べてくれてる？　まぁ、私も……まだ、完全に原因を突き止めたわけじゃないんだけど」

そう言って、さやかはファイルから何枚か紙を取り出した。裕斗は緊張しながらもそれを受け取って目を通す。

「これ……図書館で調べたの？」

「図書館の隣の歴史資料館でだよ」

勉強上手なさやからしく、見やすくまとめられた手書きの文字。

「ようするに……昔からこの土地には、急に人が変わったようになっちゃう者がいるってデータがあったの」

「そ、そうなんだ……」

「周期は不安定。でも、だいたい同時期に二人くらいの人間が、急に別人みたいになって、変な行動が増えて……っていうことが、定期的に起こってたみたいなの」

「へえ……そ、それは……」

正直、さやかの話は半分ほどしか頭の中に入ってきていなかった。

(お尻に入ってるの、絶対バレちゃいけない……!)

そう思えば思うほど意識は肛門とその中に入った異物に向いてしまい、裕斗の直腸をむずむずと疼かせた。

「それで……」

(さやかには絶対知られちゃダメ、絶対、絶対……)

もし自分が友朗に処女を奪われ、何度もセックスして、尻の穴まで開発されているということがわかったらどうなってしまうのか。

(こんなのバレたら……あぁ、絶対ダメだから……!)

しかしどういうわけか、破滅が待っていると思えば思うほど、裕斗の肉体の感度と背徳のざわつきは強くなっていく。

「うくっ……ふぁ、はぁ、はふっ……」

「裕くん?」

資料を手に説明を続けていたさやかが、怪訝(けげん)そうな顔で裕斗を見た。

「……私の話、ちゃんと聞いてる?」

「聞いてるっ……そ、その、なんか今日は、朝からおなかが痛くて……」

「えっ、具合悪いの。大丈夫かなぁ、私の身体……」

私の身体。そうだ、これはさやかの身体だ。

(それを俺は、好き勝手して……)

胸がざわざわする。目の前の自分の身体に入ったさやかは、己の肉体がゲスな男に好き放題されたことをひとかけらも知らない。

(さやか……俺、さやかの処女、友朗先輩にあげちゃったんだよ……)

ドクン、ドクン、ドクン……鼓動が速くなっていく。

(オマ×コ犯されて、中に出されて……お尻の穴にも、今、恥ずかしいものが入ってて……あぁ、ごめん、本当にっ)

罪悪感と興奮のせめぎ合いが起きている。

「それでね、この現象って……もしかして、私たちと同じことが起きてるんじゃないかって考えたの」

「同じ……って?」

「この、人が変わったようになる人たちって……もしかして、入れ替わっちゃったんじゃないかなって……うん、すごく非現実的なこと言ってるかもしんないけど、でも、私たちが今、そういう目に遭ってるわけだし」

（うくぅ……その人たちも、こうやって……女になった身体で、いけないことをしまくっちゃったのかな……）

男に犯される気持ちよさを知り、女の身体で得る快楽の深さにはまってしまい、もう戻れないところまで行ってしまったのか。

（俺、これからどうなっちゃうの……本当に元に戻れるの？　戻った後……友朗先輩とのことは、どうなるの……？）

「もうっ、裕くん！」

「はっ……!?」

思考が別のところに泳いでいく裕斗に、さやかがじれったさを爆発させた。

「ちゃんと話聞いてる？　早く元に戻らなきゃまずいんだからっ」

「ご、ごめん」

「裕くん……真剣にやってくれてる？」

「う……」

「私だけ頑張っててもだめなんだよ。裕くんも協力してくれなくちゃ」

「わかってる……よ、でも……」

さやかのいらだちはもっともだった。さやかはこんなに調べ物をしているのに、裕斗と言えば毎日のように友朗と淫らなことをしている。

こうして会っている最中にも尻の穴に異物を入れて、友朗からの命令を強く意識しているのだ。

しかもさやかは友朗のことをまったく知らないわけだから、裕斗はなにもせずにぷらぷらしているように見えるのだろう。

「今日は、ほ、本当に身体の調子悪くて……」

「……」

「ごめん、さやか……ちゃ、ちゃんと俺も調べてるんだ。その、ネットで……」

拗ねた顔をする自分の顔を奇妙な気持ちで見つめながら、裕斗は先日見つけたオカルト掲示板のことを途切れ途切れに口にした。

さやかは最初は懐疑的だったが、やがて考え込むようにうつむいた。

「この間の彗星と、あの神社……」

「ただの噂かもしれないけどさ」

「ううん、すごく参考になる。そっちのほうも調べてみる！」

さやかはすぐに機嫌を直してくれた。勢いよく立ち上がると、机の上に広げたファイルをまとめて鞄にしまい込む。

「今日は急に来てごめんね。裕くんもちゃんと頑張ってくれてて、嬉しかった。おなか痛かったら、リビングにある救急箱のお薬飲むんだよ」

「あ、ありがと……」

この気持ちの建て直し方は、からりとして優しいさやからしい。

彼女の性根のまっすぐさに感謝しながら、急いで部屋から出ていこうとする自分の姿を見つめる。

「今日また資料館に行ってくるよ。新しいことがわかったら教えるから」

「うん……ありがとう、さやか」

「ううん、じゃあね！」

跳ねるように靴を履き、玄関扉から出ていくさやかを見送って……。

「……はぁっ！」

ひとりで部屋に戻り、裕斗は大きく息を吐いた。

自分の肉体を襲っている事態がばれずに済んだという安心感が気を緩ませた。

そして弛緩した瞬間、腸壁が蠢いて玩具を揺らした。みっちりした尻に詰まった玩具は、少し粘膜が揺れるだけで自家中毒の快感を与えてくる。もう我慢の限界だった。

「あっ、あぁっ……？！」

「はぁっ……あふ、あぁっ……あぁっ！」

スカートをめくり上げて下着を下げると、身体の外に露出した玩具の取っ手部分に指をかけた。

「んくっ、くふ、はぁっ、はあぁ！　お尻ぃっ……！」

取っ手を引っ張って、玩具をむりむりと出し入れさせる。

直腸が引っ張られ、肛門が盛り上がる激感に裕斗は震え上がった。排泄するような感覚なのに、出るものはそれよりもずっと硬くて大きい。

「くぅっ……今度は、入れて……あぁっ！」

そして排泄と違って、裕斗は自分の意志で再び肛門にプラグを挿入した。外側へ盛り上がった肉門がすぐに奥へ引っ込み、直腸へ大きな異物が入り込んでくる。

「あふぅ、はぁ、おふっ……あぁんっ……あぁっ！」

出し入れの刺激に、ついに甘い声が漏れはじめる。先日友朗にいじられたときと同じだ。抜き差しを続けると尻穴が充血して、どんどん感度が上がってくる。

「ひぃ、ひぃ……お尻、気持ちいいっ……」

玩具を深く差し込んだまま、取っ手を回してぐりぐりと直腸を刺激する。表面の細かい肉壁が、つるりとした玩具で撫で回されていく。

もう玩具の出し入れはまったく苦ではない。腸壁から溢れ出す熱い汁と、同時に膣穴から漏れた愛液が、裕斗の下半身をぐっしょりと濡らしていた。

「お、オマ×コも……いじっちゃう……あぁんっ！」

もう片方の手でぐしょ濡れの割れ目に手をやり、その頂点で隆起するクリトリスをつまみあげた。

刺すような快感が裕斗を打ちのめし、敏感な少女の感度をさらに高めていく。

「ひぃん、ひぃっ、あぁあぁっ、イッちゃう、イッちゃうぅ……！」

イキたい。肛門をほじりながらクリトリスをしごくのは最高の気持ちよさだ。これを続けて絶頂をものにできれば、きっと気絶するくらいの快楽を得られる。

そんな予感に、裕斗は夢中になって快感をむさぼった。

どん欲に愛液まみれの指を動かし、ぬめりを使って肉芽をしごく。そのたびに痺れるような刺激が脳を突き刺し、すぐにでも気をやってしまいそうになる。

「あひぃ、ひぃ、お尻も……お尻ももっとぉ……」

ぬぽぬぽと音を立ててアナルプラグを出し入れして、肛門の収縮と直腸の摩擦を楽しんだ。ただでさえ快感でひたひたの脳に、さらに気持ちよさが注がれていく。

「あぁんさやかぁ、ごめん、さやかの身体、すっごくエッチにしちゃったよぉっ」

取り返しのつかないことを叫びながら、裕斗はベッドの上で悶絶する。

改めて口にすると、さらなる背徳で全身が震えた。

「イク、さやかの身体でイッちゃう、オマ×コとお尻でイッちゃううぅっ！」

震えが大きくなる。子宮と直腸の中でぬくめられた快感が、外へ出ようとして暴れ回る。恥骨が折れてしまうかと思うくらいの衝撃が、裕斗の全身を包み込む。

「あぁあっ、あっ、あはぁあぁあんっ！」

本当に狂っちゃう——そう思った瞬間、裕斗はふたつの刺激に挟まれて絶頂した。

クリトリスが破裂するような快感と、尻の穴が熱くとろけるような深い甘美さ。

「はぁっ……はぁ、あぁあぁ……ん……」

それはすぐとは身体を去らず、ゆるい渦を巻きながらずっと裕斗の中に留まっている。

「いやぁ、あぁ……はぁん……」

裕斗はとろりとした顔で、口の端から唾液を垂らしながらベッドに倒れ込んだ。

「んふ、は……は、あぁっ？！」

そして倒れた衝撃で再び玩具に直腸を刺激され、びくりと身体をこわばらせた。

「これ……ダメだよぉ……入れてる限り、ずっと気持ちよくなっちゃう」

そう思ってアヌスからプラグを引き抜こうとするが、その動作すら快感だ。

「お、お尻……やばいよぉ……こんなにイイなんて……んっ」

なんとかプラグを尻から出したが、異物の抜け落ちた肛門がヒクヒクと収縮して物足りなさを訴えている。

「……っ」

またこれを入れたい。抜き取ったばかりのプラグを眺め、裕斗は固唾を飲んでしまう。

「お尻、寂しいんだもん……」

言い訳するようにつぶやいて、ベッドの上で四つん這いになった。

「んふっ、はぁ、はあぁ……あああぁ！」

そして再び呼吸を吐き、せっかく引き抜いたプラグを再び挿入してしまう。

「おふっ、ふぁ、あぁ、あぁっ……！」

今度はもうためらいなく、根元まで玩具が入ると同時に取っ手を持って揺らしだす。

敏感な肛門付近が挿入感にぢくぢくと疼き、直腸がプラグを締め付ける。

「くふっ、あぁ、今度は……すぐイッちゃいそう……」

まるで身体の中にわかりやすいスイッチができたようだった。尻穴で絶頂するための引き金が、すぐに引けるようになっている。プラグの出し入れを繰り返し、その感覚を引き寄せるようにどんどん自分を追いつめていく。

「あぁ、あっ、あはぁ、イク、あぁお尻でイク、くうぅうぅーっ」

やがてすぐにやってきた奥深い快感に、裕斗は打たれるままになる。

腹の奥からこみ上げてくる心地よさ。全身に飽和していく陶酔。その中で膣穴とクリトリスが疼き、今度はこちらでイカせてくれと訴えているようだった。

(こんなの、キリがないよ……)

きっと膣穴でオナニーしたら、今度は肛門の快感がほしくなる。そのあとはまたきっと女性器が恋しくなる。

裕斗はさやかの身体を、とんでもない淫乱に開花させてしまった。

2

夏休みも中盤にさしかかった暑い日。もはや恒例になった友朗からの呼び出しに応じた裕斗は、屋外の待ち合わせ場所でたらたらと汗をかいていた。

今の裕斗は可憐な美少女の肉体だ。きめ細かい肌は、浮き出た汗をつるりと滑らせていく。

（先輩、まだかな……）

服の下を甘い少女の汗香でいっぱいにしながらウズウズと、自分のご主人様である男がやってくるのを待ちかねていた。

「んっ……」

そしてそんな裕斗の口からは、ときどき切ない吐息がこぼれた。

（こんなの入れて外を歩くなんて、無理だよぉ）

今、裕斗の尻の中には例の玩具が入っていた。わずかに身を揺するたび、硬質なゴムの三角錐が肛門や直腸をじわじわと責め立てる。

それは短い間にすっかり尻快楽を会得してしまった裕斗にとって不快ではなく、こぼれる声や落ち着かない汗ばみはむしろ快感からだった。

「あっふ、ふぁ、ふあぁ……」

この間渡したオモチャを入れて待ち合わせに来いよ、というのが友朗の命令で、さらには短いスカートを穿いてくるようにとも言われてしまった。

仕方なく裕斗はさかやのクローゼットを漁(あさ)り、一番丈が短く、そして一番可愛らしいミニのプリーツスカートを身につけた。

実際に穿いてみるとそれは、さやかの大きすぎるヒップを、いやらしく飾り立てる用途でしか作用しないものだった。

豊満な果実のような尻が、ただでさえ短い布地を押し上げてしまう。少し歩くだけで下着が見えそうなほどで、これを着て近所を歩くなんて、ふだんのさやかを思うと考えられなかった。

（でも持ってたってことは、さやか、こういうのを着たかったのかな）

そう思った瞬間、裕斗の下半身がずきんと疼いた。男の身体ならペニスがあるはずの場所がキュッと尖り、性的な興奮を実感する。

（やっぱり、さやかは……本当はエッチな女の子だったんだ……）

こぎれいなパンティの中で、クリトリスが震えた。同時に閉じている膣穴がぢゅわりと湿って、蜜が垂れてくるのがわかる。

「んふ、んう、いやぁぁ……」

ただでさえ尻からの異物感をこらえている肉体は、公衆の面前だというのに発情を抑え切れなくなってしまう。

道ゆく人が、淫らな自分をじろじろと見ている気がする。パンツが湿っていること
も、お尻に異物が入っていることも全部見透かされて、自分がとんでもなく淫らな女
の子だということを、たくさんの人にアピールしているような……。
（うくぅ……ダメ、考えちゃ……）
頭の中が淫らなことで支配されてしまう。
（俺……すごく、いやらしい女の子になっちゃったよぉ）
しかも、これはさやかの身体なのに。
「お、さやか。もう来てたんだ」
待ちかまえていた男の声に、裕斗は顔を上げた。友朗が遅刻を悪びれる様子もなく
笑顔で近づいてきていたが、その隣には見慣れない女性の姿があった。
（どういうこと……？）
見たところ大学生くらい。裕斗やさやか、それどころか友朗よりも年上といったふ
うの、とてもきれいな女性だった。
「やだ、トモちゃん。この子なの？」
「え、え……？」
明るい茶髪に染められたゆるやかなウェーブヘアをかき上げ、きつくない程度に化

粧をほどこした大人の女性。さやかとはまったくタイプが違うが美人だった。

優しそうなたれ目、ぽってりした唇。きれいな首筋を下に伝っていくと、薄着のトップスを押し上げる大きな乳房がある。凛とした顔に細身のさやかとは真逆の、甘えん坊な容姿にグラマーな身体だ。

「あ、あの……」

そんな女性にまじまじ見つめられて、裕斗は萎縮してしまう。緊張と照れで、さらに身体は汗ばんだ。

「先輩、この人は……？」

「へへ、なんだと思う？」

友朗は緊張する裕斗をいたぶった。顔にはにやにやと意地悪な笑みが浮かんでいて、当然、裕斗の尻に自分の命令どおりの玩具が入っていることも見透かしている。

「ちゃんと短いスカート穿いてきたね。パンツ見えそうじゃん」

「あぁっ」

いきなり裕斗の尻を、スカートの裾ごと掴んで揉み上げる。そして尻の谷間に異物の感触を確認すると、さらにニヤリと口角をつり上げた。

「中身もちゃんと命令どおり。えらいねー」

「せ、先輩、だめ、人が見てますっ……」

裕斗がそう言っても友朗は止まらない。通行人もいるし、なにより目の前の美女がこちらをじっと見ているというのに、ショーツ越しに裕斗の尻に入った玩具をぐりぐりと押し込んでくる。

「あふぅっ、あっ、あふ……!」

ただ入れて立っているのと、こうして男の手でいじられるのでは刺激も興奮もケタ違いだ。肛門の出入り口と直腸を刺激する甘美さに、裕斗は思わず声をこぼした。

「トモちゃん……やだ、この子、今なにかしてるの?」

「けつの穴におもちゃ入れてるだけ」

「本当?」

そう言って女性が、震え上がる裕斗を好奇の視線で見つめる。

(ううっ……!)

その視線の容赦のなさに、裕斗はさらに身を縮こまらせる。

「トモちゃん本当にそういうの好きね。こんな年下の子にまで意地悪して、鬼だわ」

美女が愉しそうに笑ったのに、裕斗はなんとなくこの人と友朗の関係を察することができた。だが、どうしてそんな女性が、ここにいるのかはわからない。

「今日はこいつの部屋で遊ぶから。ついてきてよ」

「こいつって……」

「もう、すっかりあたしんちをヤリ部屋だと思ってるんだから」

二人はなんでもないことのように言って、裕斗を間に挟んで歩きだす。仕方なく裕斗もそれに従うが、頭の中は混乱したままだ。

「んんっ……！」

しかも歩くたび、アヌスに入った玩具が擦れて腸壁を刺激する。まともに友朗を問いつめることもできない。

「もじもじしちゃって、かわいいね、この子」

「香苗（かなえ）、こういうのが好みなの」

「そうかもぉ、あたし、女の子もけっこう好きだもん」

愉しげな二人の言葉に不穏なものを感じても、引き返せない。

尻穴を刺激されつづけ、頭の中をぐちゃぐちゃにしながら裕斗は連れられていく。

やがてたどり着いたのは駅から少し離れたワンルームマンションで、香苗は一人住まいだという。生まれて初めて入るさやか以外の女性の部屋に裕斗は気圧（けお）されたが、友朗は慣れているのか平気な顔をしている。

「お茶とか、いらないよねぇ？」

香苗という女性は、くすくす笑いながら友朗と、棒立ちになる裕斗を見回す。

「このままずぐエッチするんでしょ？」

「えっ……！」

ドクン、ドクン、ドクン……。

裕斗の心臓が、緊張と期待で高鳴りはじめた。

「トモちゃんが、最近お気に入りの子がいるからいっしょに遊ぼうって言ってきたのよ。さやかちゃんはなにも聞いてないの？」

「えっ、俺、あ、私、は、なにも……」

「やぁだ、ちゃんと説明しておいてよ」

裕斗の想像どおり、香苗は友朗と肉体関係にある人だった。今さらこの男の女癖の悪さに傷つきはしないが、それでも女同士をこうしてダブルブッキングさせるなどとは想像もしなかった。

「香苗が言ったんじゃん。かわいい女の子と遊びたいって」

「えー、言ったかなぁ」

香苗のほうはもう完全に割り切っているのか、複雑な気持ちを抱いている様子はない。もしかしたら彼女もそうとうな遊び人なのかもしれない。

少し前まで純粋な男子学生だった裕斗にとっては、信じられない世界と人間たちだ。

（先輩には、こういう女の人がたくさんいるのかな……）

言いようのない不安というか、焦りのようなものが裕斗を支配した。

「もう、さやかちゃん固まっちゃってるじゃん。ねぇ、女の子とエッチするのは初めてだよね？」

「……！　は、はい」

女の子とエッチ。

その言葉に、裕斗は全身が急に熱くなったのを感じた。

このさやかの肉体に入る前、裕斗としての人生で……女性と性的なことをした経験はいっさいない。キスすらない。

さやかの身体をいじってしまったことが「女性経験」に含まれるかはわからない。

だが……。

「んふ、じゃあ優しくしてあげるからね。あたし、トモちゃんと違ってSじゃないから安心して」

「あっ、あっ……」

香苗が淫猥に微笑みながら、立ち尽くしていた裕斗に絡みついた。

友朗とはまったく違う、しなやかで柔らかい手が身体をまさぐってくる。

（これが……お、女の人に触られる感触なんだ……！）

裕斗の頭の中で、奇妙なマーブル模様が描かれていた。

この肉体はさやかの、女の子のものだ。友朗に抱かれるときは、中身だって女になってしまっている。

だが今は、身体は女のままに、意識は完全に男になってしまっていた。この身体が男のものだったら、完全にペニスが勃起しているだろう。

「んふ……」

身体を優しくなでる女の指の細さ、温かさ。首筋や髪からほんのり匂ってくる甘い香り。そして二つの柔らかい膨らみが、裕斗の上半身に押しつけられている。

「あぁ……や、やめて……」

このまま本当に、この人にもてあそばれることになってしまったら……。

その想像は、裕斗をさらにぞくぞくさせた。勃起するはずのものがない身体は、持て余した性欲を甘い蜜に変えて下腹部から滴らせる。身につけた下着が、愛液でぐっしょりと湿ってきてしまう。

「んんー？　この子、もう乳首勃っちゃってる。ブラの上からでもわかっちゃう」

「ああっ！」

香苗の手つきが急に獰猛(どうもう)になり、トップスとブラごと胸を揉み込んだ。彼女の言葉どおり、裕斗の……さやかの乳首は隆起して、痛いほど尖っていた。

「あはは、脱いじゃえ、脱いじゃえ」

「いやぁっ、やん、み、見ないで」

香苗はいとも簡単に、裕斗の服を脱がせてしまう。ろくな抵抗もできずにされるがままの裕斗は、あっと言う間にショーツ一枚の姿にされてしまった。

そんな二人を、ベッドに腰掛けた友朗はにやにやと眺めている。

「さやかちゃんって、トモちゃんの後輩でしょ。いつからこんなことしちゃってるの？」

「夏休みに入ってからだから、ぜんぜん最近」

「へぇ、バージンだったの？」

「もち。俺が処女もらっちゃった」

（やめて……そんなこと、話さないで）

友朗と香苗の会話で、裕斗はいっそう恥辱を煽られた。友朗の言うとおり、まだ夏休みが始まってそんなにたっていないのに。つい最近までこの身体の持ち主は処女だったのに。友朗にすっかり開発されてしまった事実を、改めて突きつけられているようだった。

「最近の子って発育いいんだねぇ、おっぱいはちっちゃめだけど、お尻がすっごく大きい！」

「きゃっ！」

胸やおへそをまさぐっていた香苗の指が、ふいに裕斗の尻を撫でた。まだかろうじてショーツが隠している美臀を、さわさわと女の手がまさぐる。

「おもちゃなんかも入れちゃってさ。もうすっかり開発されちゃってるじゃない」

「か、香苗さん……やぁっ！」

止める間もなく、さっき待ち合わせ場所で友朗がしたことを香苗も繰り返す。ショーツの上から、裕斗の肛門を拡げている玩具をぐりぐりといじくり回した。

「あふぅん……ふぁ、はぁ、あぁ……」

直腸を揺らす甘美な窮屈さと、それが今まで触れ合ったこともない美女にもたらされているという倒錯した感覚が、裕斗をいつもよりたやすく高揚させていく。

「トモちゃんお尻好きだよね。さやかちゃんはもう、こっちにおち×ぽ入れられたことあるの？」

「えっ……！」

裕斗の心臓がどきりと高鳴った。あまりにあっけらかんと、淫らで直接的な言葉が香苗の口から発されて驚いてしまう。

「まだ。お尻はこの間使いはじめたばっかだから、チ×ポが入るほど拡がってないよ」

「ふぅん、そうなんだぁ……」

自分の代わりに友朗が答えた言葉を聞き、香苗はにやにやと淫猥に笑った。アイドルのような愛らしい顔立ちの女性がこんな受け答えをするという衝撃に、裕斗の秘唇はさらに湿ってしまう。

「わ、もうオマ×コもぐちょぐちょ。この子才能あるよ」

「あんっ！　だめ、オマ×コ……触らないでぇ」

ついに香苗の手が、ショーツの上からでもわかるほどに濡れた秘唇を捉えてしまった。ピンク色のマニキュアを塗った爪が、かりかりと気持ちのいい割れ目を擦ってくる。友朗の愛撫とはまるで違ったアプローチの心地よさに、裕斗はへたり込みそうになる。

「ふぅん、クリちゃんも弱いんだねぇ」

「いや、いやぁ……いやです」

力なくかぶりを振りながらも、下腹の奥から温かい汁が出てくるのは止められない。ただでさえ湿っていた下着が、溢れる愛液でさらに水気を帯びていく。

「もう、パンツも脱ぎぬぎしちゃおっか。えいっ」

「あぁ！」

おふざけのようなことを言いながら、香苗がショーツをずりおろした。濡れているせいでスムーズにはいかず、太股の半ばあたりで布地が止まってしまうが、熱のこもった秘唇や恥毛、玩具を咥え込んだ尻はむき出しになった。

（いやあっ……！　見られてる……香苗さんに……こんなきれいな人に）

裕斗の背筋を、ぞくぞくしたものが駆け抜けていく。さまざまな興奮や感情が錯綜していて、自分が今どんな気持ちなのかもわからなくなってしまった。

「思ったより毛が濃いなー。でもそこもかわいいっ」

（か、香苗さんも……そんなふうに思うの……？）

自分が初めてさやかの裸体を浴室で見たときのことを思い出した。想像よりも黒々とした繊毛がふっくらと下半身を覆っていてどきどきしたのだ。そして……。

「あれぇ、割れ目のほうはぜんぜん生えてない」

「……！」

裕斗の予想どおり、まじまじと観察を続ける香苗はそんなことを言いだした。これも自分が驚いたのといっしょ。敏感なクレヴァスのあたりは、ほとんどピンク色の肉がむき出しなのだ。

「お尻のほうもつるつるできれい。いいなぁ、羨ましい」

「お尻なんて……！　ダメッ、見ないでください」

裕斗の足下にかがみ込んだ香苗は、品定めするように裕斗の肉体をあちこち見た。

「けっこうおっきいおもちゃが入ってるんじゃない？　これ、つらくないの？」

「あふっ……あっ、いや！」

「トモちゃん、これ抜いちゃっていいの」

「好きにしてよ」

友朗の言葉に頷（うなず）くと、香苗は裕斗の尻から飛び出した玩具の取っ手を摑んだ。

「ほぉら、抜いちゃおうねぇ」

「いやっ、あんっ！　あぁあぁぁ……！」

ぬるりと音を立てて、勢いよく三角錐が引きずり出された。腸が逆撫(さか)でされるぞくぞく感と、急に肛門が収縮する衝撃に、裕斗は大きな声をあげてしまう。

「わぁ、やっぱり大きい！　これが入るなら、トモちゃんのおち×ぽだって余裕だと思うよぉ」

「あ、あふ……」

「ふふっ、ぽっかり開いちゃってかわいいんだぁ」

「あぁんっ！」

ずっと入っていたものを失い、ひくひくと甘疼きをしていた肛門に、香苗の指が入り込んできた。

ツンと尖ったネイルと細い指が、一番敏感な出入り口をくにくにとこね回す。

（女の人に、お尻いじられるなんて……）

羞恥と抵抗感が裕斗を襲うが、快感が勝(まさ)ってしまう。

「オマ×コから、ねっとりしたのがどんどん垂れてくる……お尻気持ちいい？」

「う、うぅ……」

甘い囁(ささや)きに裕斗が頷いてしまうと、香苗は気分をよくしたようだった。

「ねぇトモちゃん、私が先にしちゃっていいかなぁ。ベッドにころんってなって、さやかちゃんのオマ×コいじめたい」

「いいよ。そのつもりできたんだから」

（お、オマ×コ……いじめるって……）

裕斗の許可は得ずに、二人は勝手に決めてしまった。友朗がベッドから尻を上げて立ち上がると、香苗は嬉しそうに裕斗の手を引き、そのままベッドに押し倒した。

「あたしも脱いじゃうからね」

そう言ってさっとトップスを脱いだ姿に、裕斗は釘づけになった。服の上からでも谷間や大きさが確認できたが、ブラ一枚になるとその乳房の大きさには迫力があった。

さらにはそのブラも簡単に脱ぎ捨てられ、ぱつんと張った色白な巨乳と、桃色の乳輪があらわになる。

「ふふん、お尻は負けるけど、胸の大きさなら負けないからね」

からかうように言いながら、香苗はミニスカートもさっと脱いでしまう。確かにこんなに成熟した女性なのに、ヒップはさやかよりも控えめだった。

だが裕斗はお尻のサイズよりも、スカートに次いで勢いよくおろされたショーツの下にある茂みに目を奪われた。

（けっこう、毛が……生えて……）

見てはいけないと思いながらも、視線は釘づけになってしまう。柔らかそうなおなかを下ったところに、これまた柔らかそうな栗色の陰毛が、さやかよりも広い範囲に生い茂っていた。

どこもかしこも、さやかとはまるで違う。しかしそれが、裕斗の男としての興奮を煽ってしまう。

(さやかじゃない女の人の裸、初めて見たから……)

しかし、そう緊張してばかりもいられなかった。

「準備オッケー。さやかちゃん、トモちゃんにいっぱい見せつけちゃおう」

あっさりと全裸になった香苗は、にこにこ笑いながら裕斗に覆い被さった。だが彼女の顔は裕斗の股間を向いていて、逆に自分の股間を、裕斗に押しつけるようにしてくる。シックスナインの体勢だった。

(まさか、友朗先輩に見られながらするの?!)

裕斗はそこでようやく、友朗と香苗の思惑を知った。こうして自分と香苗を絡ませて、見世物のようにして興奮しようということなのだろう。

「ほぉら、オマ×コ見えるぅ?」

「あっ、あっ……!」

友朗への反抗心や抵抗は、頭の中からあっさりと消え去ってしまった。顔の間近に、香苗の秘唇がある。さやかの下半身ですら、こんなに至近距離で見たことはない。

（うわ、あぁ、あぁぁ……）

裕斗はすっかり思考停止してしまった。初めて目にするさやか以外の女の身体と、うっすらと開いた割れ目の淫らさ。かすかに香ってくる汗を少し強くしたような匂い。そのどれもが、裕斗の男の部分を高揚させた。

（いや、やだぁ、オマ×コ……もっと湿ってきちゃう……！）

勃起するものを持たないこの身体は、興奮したとなれば愛液をいくらでも垂らしてしまう。

「もう、さやかちゃん濡らしすぎ。お姉さんのオマ×コで興奮しちゃった？」

「は、はいぃ」

「あっはは、かわいいんだぁ。それじゃあ、舐めちゃうねぇ……んっ」

次の瞬間、裕斗は横になりながら背筋をこわばらせた。香苗の舌が、濡れそぼつ裕斗の割れ目をぺろりと舐め上げたからだ。

（本当に……オマ×コ、女の人に舐められちゃってる！）

しかも、香苗は友朗と同じくらいに愛撫が上手だった。ぬめる舌先で数回クレヴァスをなぞったかと思うと、すぐに敏感な部分を探り当て、そこを唇で固定するように挟んで尖らせた舌でなぶる。

「くふぅっ……ふぁっ、あっ、いやぁ……」

裕斗はあられもない声をあげて悶えたが、同時に焦りもわき起こってくる。

(この体勢ってことは……お、俺もオマ×コ、舐めないといけないんだから)

ぼうっとしていて、なにか言われたら恥ずかしくて死んでしまう——そんな気持ちと、生まれて初めて女性器を舐めるという行為への高揚があった。

熱に浮かされたように香苗のむっちりした太股を押さえ、そしていよいよ秘唇へと口づけをした。

「あんっ」

瞬間、香苗の身体がびくりとしたが、すぐにクスクスと笑う声が聞こえてくる。続きの愛撫を待っている。

「んふぅ、ふぅ、んんっ……!」

裕斗は友朗と違って、女性がどうしたら気持ちよくなるかなんて見当もつかない。

自分がこのさやかの身体でされていいことを再現するくらいしかできないが、それでも必死に舌と唇を動かした。

「あぁっ、さやかちゃん……」

(香苗さん……感じてる?)

胸がどきどきと高鳴った。自分の愛撫で、こんな年上のきれいな人が悶えている。

その衝撃は、裕斗をさらに興奮させていく。

「あふ、今、オマ×コからエッチなのが出たぁ。ふふ、興奮してるんだ」

そしてそれを、すぐさま香苗に嗅ぎ取られてしまう。

「さやかも女がイケるほうなのかな」

今度はソファに腰掛けて二人を眺める友朗が、そんなことを言う。

裕斗はちらりとそんな友朗の姿を見てどきりとする。

(友朗先輩……勃起してる)

二人のレズビアンじみた絡みを見て、友朗もしっかりと興奮しているのだ。

(このあと、どうなっちゃうの……)

「せんぱ……あっ、あぁぁっ!」

淫らな予感に震えていると、急に香苗が愛撫を激しくした。裕斗のクリトリスを、
抜き取らんばかりに強く吸い上げた。

「あふぅっ! いやっ、だめっ、あっ、イッ、イッちゃううっ」

裕斗がそう叫ぶと、吸いつく唇がさらに強くなる。

「いやぁ、きちゃう、あっ、あぁぁあぁっ」

足をぴんと突っ張らせ、裕斗はあっけなく絶頂させられてしまった。

下腹の中で快楽が弾けた瞬間、また肉の合わせ目からぢゅわりと蜜液が滲んだ。香苗はそれをうっとりと舐めとって、ようやく裕斗の秘唇から口を離した。

「やっぱり感じやすいんだ。簡単にイッちゃったねぇ」

「あう、うぅ……」

笑う香苗の声に、裕斗は気恥ずかしさとよくわからない心細さで目を背けた。

「あたしもイキたいけど、さやかちゃん、オマ×コ舐めるのはビギナーっぽいしね」

「ごめんなさい……」

つまり、裕斗の舌愛撫では刺激が足りないということだろう。

「ううん、いいの。足りないのはトモちゃんにしてもらわなくちゃ」

香苗が言うと、友朗は待っていたというように腰を浮かせた。そのままさやかと香苗が寝そべるベッドへやってきて、嗜虐的な顔をするのだった。

3

「えっへへ、お尻並べ」

香苗が淫靡に笑う。言葉どおり裕斗と香苗は、並べるようにして尻を突き出していた。それを見つめる友朗の視線は、見なくてもわかるくらいに意地悪だ。

（こんな、香苗さんと比べられるみたいになるなんて……）

覚悟はできていたはずなのに、実際に四つん這いになってみると羞恥心が大きかった。成熟して、セックスにも慣れ尽くしているだろう香苗と、まだまだ未成熟な自分の——さやかの肉体を比較されるというのは、とても恥ずかしいことだった。

恥ずかしい、というのも少々当たらないかもしれない。さやかへの申し訳なさ、香苗への淫欲、友朗へのちょっとした反抗心——そしてなによりもこれから起こることへの淫らな期待が、裕斗の中で名づけがたい迷彩を描いていた。

「改めて見ると、本当にさやかのケツはでっかいな。香苗のほうがこんなにムチムチしてるのに、お尻だけはさやかが勝ってる」

友朗にそう言われて裕斗はびくりとした。それはさっき、香苗とペッティングを楽

しんだときも感じたことだ。これほどグラマラスな体つきなのに、ヒップについては
さやかのほうが大きいと思った。

この身体に入ってからは自分の目ではよく確かめられないが、今までこっそりと、
しかしさんざん眺めてきた好きな女の子のお尻だ。大きさを間違うはずがない。

「あん、大きいお尻のほうが好き?」

「さやかの尻はすごいからね。大きいだけじゃなくて形もいい。理想って感じ」

「う……くぅう、そんなこと言わないでください」

身体を褒められるのは、嬉しいやら恥ずかしいやら、複雑な気持ちだった。

「真ん中にあるお尻の穴もこんなに綺麗だし……ほら、さっきまでオモチャが入って
たせいか、ピンクになってヒクヒクしてる」

「あたしだって、お尻の穴ピンクだもん」

羞恥に身をこじらせる裕斗とは逆に、香苗は平気で、それでも淫欲をたぎらせた顔
で友朗に食らいついていく。

「さて、どっちに入れてやろうかな」

「あっ、あっ」

勃起した友朗のペニスが、急に尻の谷間にあてがわれて裕斗は怖じ気づいた。しか

しそれはすぐに離れ、隣の香苗にも同じことがされる。

「トモちゃん、最初はあたしにして。さっきからおなかの奥が疼いちゃってるんだから……ね」

「どうしようかなぁ」

「あっ！　あっ、先輩っ……」

友朗はまた身体をスライドさせた。再び裕斗の尻に肉茎があてがわれ、思わせぶりに肛門と秘唇の割れ目を往復した。

（こんなふうにされたら、俺までほしくなっちゃう……最初に入れてほしい）

裕斗の思考を見透かしたように、友朗は何度も左右を往復して女二人を焦らした。

「よし……最初は香苗だ」

「ああっ……」

そう告げられた瞬間、思わず裕斗の喉から口惜しい声が漏れてしまった。香苗はそれを聞いて勝ち誇ったような顔をしたが、すぐにブルリと身体を震わせて意識を集中させたようだった。

「あぁふ、あぁ、あぁぁあぁぁあぁ」

にぢゅにぢゅと音を立てて、香苗の秘唇に友朗の野太いペニスが埋まってゆく。

(本当に……本当に、俺の隣でセックスしちゃってる!)

奇妙な気持ちだったが、初めて生で見る「他人」のセックスに、裕斗は一気に意識を持っていかれてしまった。

バックの体勢をとる香苗の腰を、友朗がぐっと引き寄せる。肉棒が完全に膣穴に入りきり、香苗がおふぅ、と恍惚の息を吐いた。

そして友朗は、すぐさま律動を始めた。香苗の小ぶりながらも柔らかいヒップに、硬い男の下腹部がパツンとぶつかった。

「あっふぅ、あぁ、やっぱりトモちゃんのは大きいぃ」

香苗は汗ばんだ柔肌をくねらせた。友朗に激しく突かれるたび、大きな乳房がゆさゆさと揺れる。裕斗はその動きにも目が釘づけになった。

(こんないやらしいことを、いつも……自分もされちゃってるんだ)

それも、さやかの肉体を使って……。

罪悪感がちくりと疼いたが、それも淫欲に流されてしまう。

膣穴を出入りする肉棒が、香苗の吐き出す蜜液でぬるぬるなのが見える。それだけじゃない。香苗の内股やベッドシーツにも、恥ずかしい飛沫が散っている。

「あん、あぁ、やだぁ、さやかちゃんが見てるぅ……」

（み、見ちゃうよ、こんなの）

香苗に言われてさっと顔が赤くなったが、それでも視線は外せない。とびきりグラマラスな女性が、これほど間近で喘いでいるのだから。

「さやか、人のセックス見るのは初めてだろ？」

余裕ぶった友朗の問いかけに、裕斗は何度も頭を縦に振った。

「腰の振り方とか、勉強になるぜ。ちゃんと見ときなよ」

そう言って、友朗は香苗に打ちつける腰の速度をやや緩めた。

「ふふっ、オッケーだよ……んんっ！」

すると香苗がちらりと裕斗を見て、それから右手でぐっとマルを作ってみせた。どういうことかと裕斗がそわそわしていると、香苗がわずかに背筋を張った。

「んんっ……こうやってぇ、おへそのところに力をこめて……あんっ」

「あっ、あっ……」

それから始まったことに、裕斗は息を呑んでしまう。香苗が腰をくねらせ、器用に短いストロークで前後を始める。

友朗の熱幹に媚びるように、膣肉がねっとりと絡みついてゆく。

（すごい……女の人が、こんなに動けるなんて……）

香苗はあっ、あっ、と快感と楽しさが半々ほどの声をあげながらその動きを繰り返す。友朗はこれを裕斗にもやれと言いたいのだろう。

(でも、無理ぃ……こんないやらしいことできないよ。こんなふうに動いたら……きっと、おま×こにチ×ポが擦れて、気持ちよすぎて腰が抜けちゃう……)

「……あっ!」

そこまで考えたところで、裕斗は短く声を漏らした。おへその下がぢゅわりと濡れて、狂おしい快感が駆け抜けていく。まだ友朗とセックスしていないどころか、自分で触れてもいないのに、まるでオナニーで達したときのような鋭い悦びが身体を包んだ。

(どうして……考えただけで、イッちゃったってこと……?)

ペニスの感触を想像しただけで絶頂するなんて、男の身体だったころには想像もできないことだった。女の子にそんなことができるなんて、思いもよらなかった。

「ふふ、さやかちゃん……わかった? あんっ!」

余裕綽々の顔で裕斗を見た香苗の腰を、友朗が再び摑んだ。そして今度は、憎しみすら感じる容赦のなさで牝穴を打ちのめしていく。

香苗によるピストンなんてただの前座、この場の支配者は自分だと知らしめるような態度だった。

「あひぃ、トモちゃん、ダメ、そんなにされたらすぐイッちゃうぅ」

さすがの香苗もその激しさに、参ったように身体を仰け反らせた。それでも友朗は動きを止めず、女体をどんどん追いつめていく。

「いいよ、さやかに見せつけてやるんだ。香苗がイクところをさ」

「ああっ、ああっ、あひぃいいぃっ！」

最後の一突きが限界になったように、香苗は大きな声をあげた。下腹がブルッと震えて、その痙攣が全身に伝播していく。

（あぁ、香苗さん……本当にイッちゃったんだ……）

下半身からこみ上げた快楽に支配される感覚を、視覚から流し込まれている気分だった。裕斗は男として女の裸に興奮しているのではない。女の子として、自分の身体に同じことをされたときのことを想像して昂ってしまっていた。

（俺……私も、次は同じことされちゃうんだ……ぶっといおチ×ポで犯されて、震えるくらいイカされて……あぁっ）

友朗に突き出したままの下半身がヒクついてしまう。触れてもいないのにクリトリスは尖りきり、ほんの少しでもつつかれたら絶頂しそうだった。膣穴は柔らかくほぐれ、割れ目をねとねとに汚している。

（お尻の穴も、同じくらい震えちゃってる……）

まだ友朗のペニスを受け入れたことのない肛孔さえも、熱い杭打ちを期待して勝手に微動を繰り返していた。

（友朗先輩、早くぅ……早く、私のおま×ことお尻も犯してっ）

そんなことを願ってしまう。

しかし友朗は、肩で息をする香苗の膣穴からペニスを引き抜いたかと思うと、裕斗に移るのではなく、香苗のアヌスに亀頭を寄せた。

「と、トモちゃん、次はお尻なの」

「そう。こっちもさやかに手本を見せてやらないと」

（ああ、まだなの……！）

なにより最初にそう思ってしまう。いつでも犯される準備ができているのに、焦らされている気分だった。

でもすぐに、目の前でアナルセックスが行われることへの期待が渦巻いてきた。ごくりと唾を飲み込んで、友朗と香苗の動向に注目する。

香苗は荒い呼吸を整えながら、ベッド脇のサイドボードに手を伸ばした。そこから透明な液体が入ったボトルを取り出し、友朗に手渡す。

「いくらあたしのお尻が開発済みでも、それがないとトモちゃんのデカチ×ポは入らないからねぇ」

友朗は香苗の言葉に満足げに頷き、ボトルのキャップを開けた。細い口からとろりとした、粘度の高い液体が垂れてくる。その光景を見てようやく、それがローションなのだと裕斗は気がついた。

「んっ……ふぁ、あぁん、冷たい」

尻にねっとりしたものを塗りたくられ、香苗がいやらしく身をくねらせた。友朗は特に肛門周りに念入りにローションを振りかけると、再び香苗の尻穴に肉茎を押し当てる。

「いくよ、香苗。さやかもちゃんと見てろよ」

「あ……は、はいっ」

「あぁ、見られながらお尻なんてぇ……あっ、あっ、あはぁっ」

肛孔と亀頭が、ぐちゅりと吸いつき合うのが見えた。そして膣孔のときよりも強い抵抗を押し切るように、友朗が腰を強く叩きつけた。

香苗の身体が思わず前へ逃げるのを、友朗の力強い腕が許さない。

「おふぅっ……ふぅぅぅ、あぁ、お尻にチ×ポ……入っちゃったぁ」

やがてめりめりと肛門の皺を拡げきって、香苗の尻肉が支配される。

(すごい……本当に、お尻に入っちゃった。あんな太いものが……)

裕斗の尻穴の疼きが強くなる。そして気がつくと手が伸びて、自分の肛門にそっと触れてしまっていた。

「お……さやか、自分でする？」

「んふ、あふ、あうぅん……」

こんなことはダメ──そう思うが止められない。アナルセックスに興じる二人の隣で、裕斗は指を使ってアナルオナニーを始めてしまった。

友朗は喉をくつくつと鳴らしてその様子を喜んでいる。香苗も肛門の圧迫感に耐えながら、この状況を楽しんでいるようだった。

「んひぃっ、お尻ぃ、めくれるうぅっ」

友朗が膣穴にしたような容赦のない動きを始める。香苗の尻穴を何度も突き上げ、女の身体を芯から揺らす。

(早く、早く、私もああされたいの)

裕斗は五感でそのセックスを感じ取りながら、自分の肛門に指を浅く出し入れした。

敏感な神経の集中した入り口付近は、その刺激を甘美なものとして受け止める。

しかし、すぐさま物足りなさを覚えてしまった。

(さっきまで、お尻におもちゃが入ってたから……それに、隣でこんなことしてるの、見せられちゃってるんだから……)

いつの間にか、自分の指程度の挿入感では満足できなくなっていた。

「あっ……」

そわそわと視線をさまよわせていると、先ほど香苗が裕斗から引き抜いたアナルプラグを見つけた。

裕斗は迷うことなくそれに手を伸ばして、そして腸液でぬるつく肛門に玩具をあてがった。

「あっ、あはぁ、あくうぅ……！」

こなれだした肛門にとって、三角錐形のものは都合がよかった。すぐに尻肉が拡がって、簡単に一番径の太い部分までもを呑み込んでしまう。

はぁはぁと息を吐いてその圧迫感に悶え、隣でセックスを続ける二人を見ながら、ゆっくりと玩具の取っ手に手をかけた。

「トモちゃん……この子、本当にスキモノなんだねぇ」

尻穴を犯されながらも香苗が笑う。裕斗はとたんに恥ずかしくなったが、それすらも快感に変わっていく。

玩具を揺らし、自分で直腸内を圧迫して感じるところを探す。そしてときどきは前後に動かして、肛門が収縮する感覚を楽しんだ。

(気持ちいい……でもきっと、先輩のチ×ポはこんなものじゃないんだ)

きっともっと太くて熱くて……そんなことを考えるとさらに下半身が疼く。直接刺激している肛門だけではなく、膣穴やクリトリスも充血していく。

裕斗がオナニーを繰り返すうちに、友朗と香苗も盛り上がっていく。友朗がラストスパートをかけるように律動を激しくし、香苗はそれを受け入れながらベッドに顔を伏せ、快楽をおなかの中でどんどん膨らませていた。

いつ破裂してもおかしくない絶頂の予感が、裕斗にもひしひしと伝わってくる。

「香苗、出すぞ。直腸に中出しするからな」

「きて、おなかの中、やけどしちゃうくらい熱いの……出してぇっ」

香苗が叫んだ瞬間に、友朗も唸った。獰猛な獣のような声をあげて、ぐっと身体を香苗に押しつけた。

どくん、どくん……と、熱い精汁が香苗の直腸に流れ込んでいく音すらも聞こえてきそうだった。

「あ……ああっ。あひぃっ」

その光景を見ながら、裕斗の身体にも絶頂が訪れた。腸壁がぎゅっと縮み上がり、咥え込んだ玩具を締めつけながらこわばるのを繰り返す。

「あはぁ……あぁ、さやかちゃんもイッちゃったんだね」

「は、はい……オナニーで……」

息も絶えだえの香苗は、ブルッと震えながらもさやかに微笑んだ。

裕斗の胸の中で、どんどん口惜しさが増してくる。二人はセックスで同時に果てたのに、その隣でオナニーして気をやった自分が、とても無様に思えてしまう。

「うぅ……先輩っ」

その惨めさと積もりに積もった興奮が、裕斗に恥を捨てさせた。

「お願い、早く私も犯してっ。お尻でもオマ×コでもいいから、おチ×ポを入れてほしいの！　もう我慢できないっ」

それを聞いて友朗は、香苗と尻穴でつながったたまけたけたと笑った。その振動に刺激されたように、香苗もいっしょに笑いだす。

「この間まで処女だったのに、すごい淫乱になっちゃったな。いいよ……ほら、香苗。

抜くよ」

「ああうッ」

香苗の尻穴から、ぬるりとペニスが引き抜かれた。

太いもので犯されたせいでぽっかりと開いたアヌスから、濁った精液が溢れ出すのが見えて、裕斗はさらに淫欲を持て余す。

「次はさやかだ。どのみち一回出したくらいじゃ満足できないし」

平気でそんなことを言う友朗の性欲と精力が、今日はとても頼もしいものに思えた。実際に友朗の肉茎は、まだ彼の腹につきそうなほど隆起している。

「香苗のケツに入れたばっかりのチ×ポだけど、別にいいよな」

「あっ……！　お、おま×こに」

友朗は裕斗を四つん這いに押さえつけ、膣穴のほうに狙いを定めた。裕斗としては、どちらの穴でもとにかく犯されたかった。それに、決定権は友朗にしかない。

「いくぞ……くぅっ」

「ああ、ああぁあぁっ」

友朗が腰を突き出し、裕斗の膣穴が急に熱で拡げられていく。血管の脈打つペニスが、充血して敏感になった肉穴をぞろりと撫で上げていった。

「はぁ、あぁ、あぁぁぁ——あぁっ！」

もうダメ、と思った瞬間には遅かった。裕斗の下腹の中で、溜まりに溜まった欲求が一気に炸裂した。

「くぅっ、はぁ、入れただけでイッたな……！」

肉棒を喰い締めるように粘膜が震え、その締めつけに友朗も驚く。

けれど一番驚いているのは、いきなり絶頂してしまった裕斗のほうだった。不意打ちのアクメに、自分自身に裏切られたかのような感覚があった。

（どうして……そんなに私、先輩に犯されたかったの……？）

完全にか弱い女になってしまった思考の中でそんなことを考える。

「香苗のセックスに興奮したか？　おあずけがよかったのかな」

「わ、わからない……でも、気持ちよくってぇ」

友朗はまた邪悪に笑った。そして裕斗の豊満な尻を摑み上げ、そこを的にするかのようにがつがつと腰をぶつけはじめた。

「あっ、あっ、あっ」

裕斗の口から、その律動に合わせて切ない喘ぎがこぼれ出る。絶頂で自分自身の感覚を鋭くしながら得るペニスの熱さと律動の快楽は、たまらないものがあった。

「トモちゃんはいいな。こんな子を好き放題できるんだ」

「あっ、ああっ！」

性交の余韻からようやく解放されたらしい香苗が、突然裕斗の前に回り込んできた。腕を伸ばして、控えめな乳房に触れてくる。

「香苗さん、だめっ」

「おっぱいはまだ女子高生って感じだよねぇ。あんまり大きくないし、ちょっと硬い感触もあるかなぁ」

「あんっ……！」

楽しげに言いながら、香苗は手慣れた動作で裕斗の乳首を転がした。膣穴を犯されながら全身の性感を高めていた裕斗は、胸から入り込んだ刺激にも悶える。

（こんなの、おかしくなっちゃう……二人がかりでなんて……）

これまで想像すらしなかったためくるめく淫劇に巻き込まれ、頭の中が熱されたチーズのようにとろけていく。乳首に与えられるうっとりした陶酔と、膣穴から入り込んでくる激しい快感とで、なにも考えられなくなっていた。

「ああイク、またイッちゃう、先輩、香苗さん、あああああっ！」

裕斗の秘肉がまた蠢いた。友朗のペニスを咥えながら、膣の奥から熱い粘液が垂れてくるのが自分でもわかった。

「またイッたな。マ×コがどんどんきつくなる」

「いいなぁ、感じやすい女のコってすごく可愛いよね」

絶頂の大波に身体をさらわれて、その言葉に返事をすることもできない。ただ体中を打ちのめす心地よさに負けて、荒い呼吸を繰り返す。

「ケツの穴もひくひくしてるよ。ちゃんと約束守って、毎日拡張してたみたいだな」

「あひぃっ！」

快感にうっとりする裕斗の身体を、友朗が強制的に現実に引き戻す。

親指を肛門にねじ込んで、ぐりぐりと乱暴にこね回した。

「決めた。今日、さやかの尻処女の卒業式だ」

「えっ！　せ、先輩……あうっ」

膣穴からペニスが引き抜かれる。急に刺激を失って、裕斗の秘唇がきゅうっと切なさに疼いた。

だがそれも長くは続かない。大きな尻肉の真ん中にある窄まりに狙いをつけられて、裕斗は期待と軽い恐怖に囚われる。

（本当に、お尻の穴犯されちゃうんだ……このぶっといおチ×ポで、お尻まで女の子にされちゃうんだ……先輩に犯されるための穴に……)

想像して、全身に大きな震えが走った。それを感じ取って友朗が笑うのが、亀頭から肛孔に伝わってくる。

「あっ、待って。ほら、ちゃんとローション塗ってあげないと」

「つ、冷たいっ……」

香苗がペニスと肛門の境目に、トロリと潤滑液を垂らした。冷たい粘液の感触にまた震えたが、ローションはすぐに肌に馴染んで温かくなっていく。

「トモちゃん、本当に鬼なんだから。こんな太いの、ローションなしで入れたらお尻が切れちゃうでしょぉ」

「いいじゃん、切れても」

「だーめ」

香苗の指がとろみをすくい上げ、裕斗の肛肉をマッサージするように蠢いた。

「あふ、あん、あぁ……」

ローションのついた指で肛門のみぞを撫でられるのは、まるで熱いゼリーを当てられているようで不思議な心地よさがあった。

それを今日知り合ったばかりの美女にされているというのも、裕斗の中の女と男を同時に興奮させていく。

「よっし、オッケー」

「あっ、せ、せんぱ……ひっ、ひいいいいっ！」

香苗が手を離すのと、友朗が獰猛に入り込んでくるのは同時だった。

さっきまでの玩具とは比べものにならないくらい太くて大きいものが、裕斗の肛門をやすやす通過して直腸を突き刺してくる。

「おくぅっ……お、奥ぅ、一気に奥まで……あぐぅぅっ」

思わず裕斗は身体を突っ張らせて悲鳴をあげた。しかし友朗は止まらず、直腸の奥にある行き止まりのようなところを鈴口で突き上げた。

「おぉ……入った入った、結腸まで届いたな……」

「け、結腸って……」

威圧感に喘ぎながらも、どうにか口で呼吸をする。尻の中をみっちりと男の竿で満たされる息苦しさと、同時にやってくる膣穴とは異質の快感で板挟みになっている。

「お尻の中の、きゅって狭くなってるところだよ。今、トモちゃんのチ×ポが当たってるでしょ？」

「あ、く……この感じが……あぁぁっ！」

にんまり笑いながら、また香苗が裕斗の乳首に触れた。今度は軽く転がす程度ではなく、ぎゅうっと摑んで引っ張るようにしてくる。

「ああもう、この子可愛い。どんどんいじめたくなっちゃう」

「やめてぇ、香苗さん、私おかしくなっちゃう！」

しかしそう言っても香苗は手を止めなかった。友朗も征服感に満足してばかりではなく、直腸と、先端が当たる結腸の感覚を楽しむように腰を前後させだした。

「あぐぅ、あっ、あぐぅぅ……」

裕斗の喉から発されるのはさやかの可憐な声だが、それも今は苦しさに濁ってしまう。尻穴に太いものが入り込んでくるのは凄絶としか言えなかった。

「あぁ、あはぁぁ……！」

しかし、少し腰が引かれると若干安堵の声が出る。硬い肉幹が腸を引っ張って肛門を盛り上げるのは、排泄にも似た法悦があった。

「さやかは引っ張られるほうが好きだな、ケツが喜んでるよ」

「あぁ、喜んでなんて……くふぅぅぅっ！」

戸惑いの言葉は打ち切られてしまう。短いストロークでゆっくり出し入れされていたペニスが、肛門から抜け落ちそうなほど一気に引き抜かれた。

その腸壁をぞろぞろと撫でられる感触が、裕斗の背筋を伝って頭を突き刺していた。ついさっきまでオナニーで得ていた快感を、何倍、何十倍にも強くしたようなものが、いま肉体に襲いかかっている。

「あぁ壊れちゃう、本当に……おかしくなっちゃう！」

叫んでも、裕斗をいたぶる二人の手は止まらない。それどころかどんどん加速させるように強くなっていく。乳首をいじめる手も、尻肉をこなれさせていく腰づかいも。

「イク、いきますっ、お尻でイッちゃう、先輩、香苗さん……あぁあっ！」

「くおぉっ……さやかの尻にも出してやる、いくぞ……ケツで飲み干せよっ」

友朗が射精感で腰振りを激しくする。やがてペニスが脈動した瞬間、裕斗の身体も強く跳ねて硬直した。

（あぁ……イッてる、本当にお尻の穴でイッてる、私っ……！）

腸壁に熱い精液がぶちまけられていく。粘ついた感触が粘膜を汚し、焼き切るくらいの激しさで暴れ回っている。

それを受け止めながら、裕斗のおなかの奥の奥がうねるように痙攣した。男から与えられる抽送と白濁の熱さに、直腸が絶頂を迎える。

「あくぅ、お、オマ×コもイクぅ、イクッ、イクうぅ――」

そしてその激感に、触れられていない膣穴とクリトリスも激しく震えた。ぷちゅり
と音を立てて、粘っこい蜜を噴き出しながら快感に浸る。
「本当にすごいね、この子」
真っ白になる頭の中に、香苗が感心したように放った言葉が響く。
(さやかは……本当に、すごい身体をしてる……)
裕斗はそのときだけ完全に少年に戻り、初恋の女の子の感度の凄まじさに浸った。
同時に、もう戻れないかもしれないという破滅の予感も抱いた。

第五章　神の悪戯

1

香苗を交えて友朗とのセックスを楽しんだ日を境に、それが常識となってしまったところがあった。

友朗は裕斗を呼びつけるときは必ず香苗も誘い、三人で淫らな行為に浸るのが常となって、裕斗の性の乱れはいっそう加速していった。

「ほぉらトモちゃん、どっちに入れるの？」

「あふ……先輩……」

ベッドに仰向けになった裕斗の上に、抱き合うようにして四つん這いの香苗が重なる。二人で尻と濡れた秘唇を見せつけながら、友朗を誘惑するのだ。

「迷うなぁ」

言いながら友朗は、ふたつの女性器が重なって作った狭間にペニスを差し込んだ。

そのままゆるゆると腰を前後させ、ふたりの異なる女の感触を楽しんでいる。

「あん……あん、擦れちゃう……」

ペニスが割れ目を撫でていくもどかしさに悶え、さらに伝わってくる香苗の体温や肌のなめらかさに酔い、裕斗の頭の中には常にぼんやりと、温めすぎた牛乳の上に張るような膜がある気分だ。

(どんどん難しいことが考えられなくなっちゃう……ちゃんとしなきゃダメなのに、さやかのことも、私……俺自身の身体のことも……)

どうにかそう思うが、その思考は膜の外にある。内側はこれから起こる淫らなことへの期待でいっぱいだ。

(なんとか……なんとかしなきゃ……)

「よし、今日はさやかが先だ。いくぞ」

「ああっ……!」

曖昧な悩みも考えることができなくなっていく……。

「さやか、今日お母さん、ずっといないからお留守番よろしくね」

「どこに行くの？」

「車の免許の更新よ」

すっかりさやかの顔をして、裕斗は言われたことに頷く。

(おばさんが日中いないのは珍しいな……だいたい家にいるから)

正直なところ、厳格なさかやの母には少し苦手意識を持っているので、留守にしてくれるというならそのほうが助かる気持ちもあった。

どうにかさやかになりきっているとはいえ、長くいっしょにいればそのぶんバレるかもしれない危険性だって上がってしまう。

「うん。私は特に予定ないから……ずっと部屋にいるね」

笑顔で答えながらも、内心ほっとしていた。

そのあと部屋に戻ると、同時に裕斗のキャリアメールに着信があった。

「……！」

どきりとする。ふだんさやかや親とはメッセージアプリを使ってやりとりしているので、メールを送ってくる者といえばひとりしかいない。

「やっぱり……先輩だ」

緊張と期待でメールを開くとやはり友朗からで、文面は非常に簡潔だった。

『さやかの家に行っていい？　香苗は連れていかないから』

「えっ……」

家に来たい。友朗がそんなことを言いだしたのは初めてだった。

そして、それは絶対に越えてはいけない一線のような気がする。

このさやかのパーソナルスペースにあの男を呼ぶのは、身体を許すのと同じくらいに罪の深いことなのではないか。

いくら友朗の命令にしたがってしまう裕斗とはいえ、それはあっさりと呑むことができない。無理です、と返信を打つ。すぐに返事が来た。

『なんで？　親とか家にいるの？』

『今日はいないけど、家に先輩を呼ぶのはだめです』

「あっ……」

そう返信してしまってから、しまったと思った。今日はいないけど。どうしてそんなことを書いてしまったのか。自分から弱点を晒してしまった。

（やっちゃった……）

本当のさやかなら絶対にしないようなミスだ。当然のように友朗はそこにつけ込んできた。

『親がいないならいいじゃん。さやかの家は知ってるから、今から行くよ。久しぶりにふたりきりで遊びたいじゃん。笑』

その返信を読んだとき、裕斗は震えた。恐怖や自分のしくじりに対してではない。久しぶりにふたりで、という言葉の響きに反応してしまったのだ。

（ダメ、ダメ……）

また難しいことを考えられなくなってしまう。友朗に与えられる快楽や背徳に夢中になって、自分の置かれた環境や解決するべきことが先送りになって……。

結局裕斗は、それ以上友朗に返信を打つことができなかった。だが彼はそれを肯定、あるいは諦めととったようだった。

「へえ、外装見たときから思ってたけどきれいな家だね。部屋もまぁ、女の子にしてはシンプルだけどきれいにしてるじゃん」

数十分後、友朗は本当にさやかの――裕斗の待つ家にやってきた。平気で入ってきて、無遠慮に部屋の中を見渡している。

「最近香苗と遊んでばっかりじゃん？　なんだかさやかが恋しくなっちゃんだよね。それにそういえばさやかの家って行ったことないなって」

「お、親にバレちゃうかもしれないし……わざわざ来なくても」

「ばぁか、バレちゃうかもしれないのがいいんじゃん」

友朗はどんどん横柄になっている。もう裕斗が自分に絶対逆らわないことを知っている顔だった。

「それに女の子の部屋でヤルのって、マーキングしてるみたいで興奮するんだよね」

「興奮って……」

邪悪そのものの友朗の思考に、わずかにでも欲をかき立てられてしまう自分が嫌になる。もじもじする裕斗を抱き寄せ、友朗はうなじのあたりに鼻を埋めた。

「部屋にいるせいかな？　いつもよりさやか、甘い匂いがする」

「あん……だ、ダメ。本当にダメ……」

そう言いながらも、ベッドに身体を倒されても抵抗できなかった。

（こんなの、さやかに……ううん、それ以上におばさんにバレたら……）

とんでもないことになってしまう。

だというのに、すでに裕斗の下半身は期待に疼きだしていた。

以前のデートで、人前で恥ずかしいことをさせられたときの感覚をもっと強くしたような気分だった。

ひどいことをされているのに、バレてはいけないのに……そう思えば思うほど、裕斗の興奮は強くなっていく。

今も下着の奥で、年不相応にこなれさせられてしまった粘膜が蜜を滴らせはじめていた。

「ほぉら、キスするよ。最近さやか、香苗とばっかりしてたからな」

「あ、あふ……んんっ」

蕾のような唇が奪われる。獰猛な男の舌でこじ開けられ、中に入り込んで舌同士がなれ合うのを許してしまう。

(ああ、でも……頭がぼうっとしてきちゃう……)

舌のざらつきと滲んでくる唾液が、頭の中に心地よさをまき散らしていく。

「んふ、んんっ、んっ……」

気がつけば自分の意志で友朗の唇を吸い、積極的にキスを繰り返していた。薄く開いた視界に、友朗の満足げな表情が見える。

「んふっ……あっ！　先輩っ」

ねちっこい口づけを続けていると、やがて友朗が乱暴にスカートをまくり上げ、その奥の下着に手を突っ込んだ。

その指先と秘唇の割れ目がくっついたときに、にちゃりと音が鳴ったのがさやかにもわかった。友朗の口角がさらにつり上がる。

（いやぁ……本当にここでエッチしちゃうんだ）

だがもう、拒否するほどの理性も力もなかった。友朗が下着の中で手を蠢かし、愛液のぬめりを利用して割れ目を何度もなぞるのを、ただ無抵抗に受け入れてしまう。

「あふ、あん、んんっ……」

美少女のソプラノボイスが鼻にかかった、色っぽい声があがる。

「久々に俺と二人でやれて、さやかも嬉しいだろ？」

「は……はい。嬉しい……です」

それは本心だった。香苗を交えての行為は確かに魅力的だが、刺激が強すぎた。なにより、友朗が香苗の相手をしている最中にやきもきする必要がない。

「先輩と、ふたりきりでエッチできて……嬉しいです」

「フフ、いいなぁ。もっとエロく言ってよ」

「……先輩と、ふたりで、お、おま×こできて……嬉しいです」

「そうそう」

淫らな物言いに自分自身が昂揚していく。指でいじられていた膣穴がきゅっと締まり、もっと太いものがほしいと疼きだす。

「最近ほんとに前戯いらずだな。さやか、濡らしやすすぎ」

「だって、先輩が……」

「俺を責めるなって、さやかがエロいだけだろ」

そうかもしれなかった。やはりこの身体の……特に男に触れられたときの感度は異常といえた。

しかしそれを暴いて、開花させたのは友朗だし、そんなことを許してしまったのは裕斗だった。

（さやか……ごめん、ごめん、でも……もう戻れない）

さやかに申し訳ないという気持ちは今でもある。だがそれは友朗に触れられているうちに、どんどん遠くへ行ってしまう。

また頭の中に膜や靄（もや）がかかった状態で、曖昧模糊とした思考しかできなくなっていく。

「くくっ、さやか……」

とろんとした目をするさやかの淫らさを笑う友朗の声と顔が、ふと打ち切られた。

「先輩……？」

ベッドから身を起こし、部屋の窓のカーテンをめくって外を見ている。

「まずいかも」

「えっ、もしかして……」

（おばさんが帰ってきた？！）

裕斗はそう思って焦り、乱れた己の衣服に手をやった。

やがて玄関ドアを開く音がして、廊下を歩いてこちらへ向かってくる足音に狼狽（ろうばい）するも、今さらどうしようもない。

（どう説明すれば……彼氏？　友だち？　おばさんに、納得してもらえるか……）

逃げることは諦めて、消極的な切り替えをする。もう友朗のことは隠しようがない。先輩に勉強を教えてもらっていたとか、そういうことにすれば——そんな浅はかな思考がぐるぐると回って、足音がさやかの部屋の前で止まった。

「裕くん！」

「えっ!?」

しかし、次の瞬間裕斗は頭の中が真っ白になった。ドアを開いたのはさやかの母ではなかった。

「裕斗……」

その姿を見て友朗が言う。頭をかいてから、ヘラリと困り笑いのような顔を作っていた。

そこに立っていたのは、裕斗の身体に入ったさやかだった。

「さ……さ、さやか」

もはや友朗のことは忘れて、思わずそう呼んでしまう。

当のさやかは、裕斗と友朗の姿を見て、なにもかも悟ったようだった。

自分の部屋に上がり込んでいる先輩。裕斗の乱れた服装。友朗の顔。

勘のいいさやかなら、答えを出すのに少しも時間はかからない。

「待って、ち、違う……んだ」

裕斗がごまかしにもならないことを口にすると、さやか——見た目には自分の姿をした少年の顔が、一気に憤怒(ふんぬ)に染まった。

(俺って、怒ったらこんな顔に……)

そんなことを考えている暇もない。さやかは大股で部屋に入ってくると、飛びつくようにベッドの上の裕斗に摑みかかった。

「どうせ……どうせこんなことになっちゃってるって思ってた」

「ま、待てよさやか……」

「言い訳なんか聞きたくない！」

さやかは裕斗――今は少女の細腕を引っ張り上げると、椅子の背もたれにかけてあったカーディガンを無理やりかぶらせた。乱れた服装をそれで隠すつもりらしい。

「はは、ウケる」

そのまま裕斗を連行して部屋を出ていこうとするさやかに、友朗がシラけきったことを言う。なんなら挑発のつもりかもしれなかった。

「俺はおとがめナシなわけ？」

「先輩にも言いたいことはたくさんあります。でも……でも、今はそれどころじゃないから」

怒りのこもった声でそう言い切ってしまう。

「あっ、あ……」

そのまま裕斗を引っ張って玄関まで連れていくと、さやかは自分だけスニーカーを履き、裕斗は裸足のまま外へ追い出してしまう。

「来て！」

「待って……待って、本当に……」

(俺って、こんなに力が強かったんだ……)

がっちり捕まれた腕は、とうてい振りほどけそうにない。

さやかに見られてしまった。よりにもよって、さやか当人に……。

歩かされているうちにそんな実感がわき起こってきて、なにも言えなくなってしまう。心臓がドクドクと早鐘を打つ。息苦しい。思考がぐるぐると迷子になっていく。

「入って。今、おばさんもおじさんもいないから」

たどり着いたのは裕斗の家だった。ここなら確かに、日中両親は不在だ。

「早く！」

「あっ……」

たじろぐ裕斗を玄関に押し込み、さやかは怒りを抑えられないといった様子でドアを閉じた。全身がわなわなと震えている。

「さ、さやか……俺は……友朗先輩は……」

「友朗先輩のことはもういいよ。あれは怪物だから。どうせ前みたいにデートとかに誘ってきて、裕くんがOKしちゃったんでしょ」

「う……」

そのとおりだ。ガードの緩い自分のせいで、友朗に支配されることを許してしまったのだ。

「でも、裕くんのことは許せない」

「ああっ！」

ぱぁん、と音が響いた。裕斗はそれが自分の身体が立てた音だということに、一瞬気づくことができなかった。

怒りのあまりにさやかが裕斗の尻を叩いたのだとわかったのは、もう一度同じことをされてからだった。

「や、やめて！　さやか、これは、さやかの身体だから……」

「私の身体だもん。私が好きにする！」

「いや——あっ、痛いっ！」

またパァンと乾いた音がして、少女のボリュームのある尻肉が手のひらではたかれる。服の上からでも激痛が走るくらいの力強さだった。

さやかの憤りはそれでも収まらない。玄関から続く廊下にへたり込む裕斗に覆い被さり、さっき自ら着せたカーディガンをはぎ取ろうとしてくる。

（まさか……まさか、そんな）

裕斗は慌てるが、そのまさかだった。

さやかは獰猛に裕斗のスカートをめくり上げ、その下のショーツもむしり取るように脱がせてしまう。

「ダメだよ！　さやか、ダメ！」

「ダメじゃないっ……」

そのままさやかは、裕斗の秘唇に触れた。同時に裕斗の身体は震え、抵抗の意志が弱くなってしまう。

（こんなのダメなのに……さやかに……俺が俺に触られるなんて）

「嫌がらないんだ」

「え……？」

「ちょっと濡れてる」

「あっ……！　だ、だって、それは……！」

さっき友朗に愛撫された熱が、冷めきらずに残っているだけだ。だがそう説明するわけにもいかなかった。

友朗とも香苗とも違う感触の手指が、少女の割れ目をぐりぐりと往復した。濡れ具合や感度を確かめるように、怒りでこわばりながらも慎重に。

「あふっ……あん、あぁ……」

やがてこんな状況だというのに、裕斗の口からは官能のため息がこぼれてしまった。

さやかの指は、裕斗の感じる場所をすべてわかりきっているようだった。

「ふん……」

その様子を見て、さやかはさらに怒りをたぎらせた。素朴な少年の顔が、怒りと暗い欲望で歪んでいく。

そしてズボンを下ろそうとする自分の姿を見て、裕斗は慌てた。

「待って！　さやか、ダメだよ」

「もう何回もしたくせに」

「そ、それは……」

「先輩と何回セックスしたの？」

すべて見透かされてしまっている。

「最近裕くん変だったし……今朝、友だちからメッセージがあったの。さやかが町で先輩といっしょにいるのを見たって」

スマホはお互い自分のものを持ちつづけている。友人から連絡があったら、さやかはそれを受け取ることができる。

「それからさっき、お母さんからメッセージがきたの。いい子で留守番してる、って」

「さやか、お、俺は」

「問いつめて話を聞こうと思って……でも、部屋に行ったら、先輩までいて」

「う、う……」

ごめん、とも言えない。言ったところでどうにもならない罪を、自分は犯してしまった。

「どうせもう、何回もしちゃってるんでしょ！　私の身体で！」

「ああっ！　さやか、本当に……んああああぁっ！」

直後、激しい圧迫感が裕斗の下半身を襲った。下着まで脱いでむき出しになったペニスを、さやかが裕斗の膣穴に突き立てたのだ。

「くぁ……あぁ、嘘、入ってくるぅ……！」

自分自身の肉茎が挿入される。倒錯した状況に目が回りそうだった。

それと同時に、さっき指での愛撫だけにとどまった粘膜が、太いものを挿入されて喜んでいるのも感じてしまった。

「ふぁっ、あぁ……！」

さやかの口からも感嘆の声があがる。それを聞いて裕斗はゾクゾクしてしまう。

(き、気持ちいいんだ……さやかの、俺のチ×ポ、さやかのがナカに入っちゃって……俺、童貞じゃなくなって……！)

さまざまな気持ちや興奮が、裕斗を混乱させていく。

「……っ、やっぱり。もう私、処女じゃないんだ」

「う……！　ご、ごめ……」

「先輩とエッチしたんだ……！」

「許して！　さやか、本当に……俺、あああぁっ！」

さやかが裕斗の腰を乱暴に摑み、腰を前後させて肉茎を出し入れしはじめる。

友朗よりもずっと不慣れな動きだったが、その乱雑な感じが、よけいに裕斗の性感を煽っていく。

「くはぁ、はぁ、こんなに乱暴にされても気持ちいいんだ」

「あっ、あく、だって……それは、さやかの身体が……ううっ！」

「そう、全部私のせい！」

叫ぶなりさやかが強くペニスを押し込んだ。裕斗はおふ、と息を吐きながら仰け反る。子宮の先っぽを圧迫される快感が、罪悪感を押しのけた。

「私っ、昔から自分の身体がイヤだった……裕くんに……男の身体に入ってみて、やっぱりそう思った……」

言いながらもピストンは止まらない。子宮頸部に当たるまで突き込んだペニスを、さらに奥に入れようとするかのようにぐりぐりと押しつけてくる。

「あふぅっ、ダメ、そこはダメぇ」

「ふっ……く、こんな、奥まで感じるようになっちゃって……！」

憎しみをぶつけるような激しい律動に、裕斗は切れぎれにしか言葉を発せない。

（俺のチ×ポ、こんなに……奥まで届くくらい、大きくなって……）

自分のペニスのサイズを、こんなふうに実感するときが来るなんて思いもよらなかった。こうして膣穴に挿入されると、ごく普通だと思っていた裕斗の肉棒は、膣穴をみっちりと満たす大きさを持っていた。

しかもそれを、さやかが憤怒とともに激しく出し入れするのだからたまらない。

「あひ、あっ、あひぃ……き、気持ち……」

気持ちいい、と言いそうになってしまう。倒錯的な状況も手伝ってか、すぐそこに絶頂感がやってきていた。

「うくっ……あぁ、締まるぅ……私のオマ×コ、こんなにきついんだっ……」

「あぁ、イヤ、だめ、さやか……ダメ、俺、本当に……！」

息も絶えだえに訴えるが、さやかは止まらない。友朗のようにきちんと女を感じさせる動きではなく、ただ自分の快感だけを求めて突き上げるような激しさだ。

（こんなに乱暴にされても気持ちいい……やっぱり、さやかの身体は……）

この肉体は、男に触れられたときの感じ方が尋常ではない。

「あぁイク、さやか、俺、あっ、イッちゃう……あぁぁあぁっ！」

限界はすぐにやってきた。濃い愛液が膣穴の奥から滲み、ペニスを強く喰い締めるように粘膜が収縮する。

そのせいで竿肌をいっそう強く感じ取り、裕斗は激しい絶頂を迎えてしまう。

「く……イク、あぁ、出しちゃう、ああっ」

同時にさやかも限界を迎えた。膣肉の中で肉棒がいっそう硬くなり、痙攣しながら熱い精を吐き出していく。

粘膜にねっとりと白濁が絡みつき、敏感になった女体をさらに深い快楽に追い立てた。

「あぁ……はぁ、は……ああぁぁ……！」

裕斗もさやかも、お互い入れ替わった身体で荒い呼吸をしつづける。

「私の身体、やっぱり……」

裕斗の上に覆い被さったさやかの瞳から、ぽろぽろと涙が溢れ出していた。

2

「あんっ、あっ、あっ、あはぁ……あぁっ……」

裕斗は自宅の玄関先で、再びさやかに犯されていた。

さやかの中の怒りは、ある程度落ち着いたようだった。しかし欲望は収まらず、勃起しつづける肉茎を再び裕斗に突き入れたのだった。

今度は尻を高く突きだした後背位で、さやかもさっきよりはスムーズに腰を振っている。

(こんな、自分の身体に犯されるなんて……おかしいのに)

きっとそれは、さやかも感じているだろう。

「くっ……ふ、お尻もひくひくしちゃってる」

「ああっ！ お、お尻はダメ！」

バックで裕斗を突きながら、さやかが尻の穴に手をやる。その動きで友朗に開発された性感を思い出して裕斗は慌てたが、その反応は裏目に出てしまった。

「……お尻にもなにかされたの」

「あっ、い、う、ううん、そういうわけじゃ……」

「正直に言ってよ」

「……ち、ちょっとだけ……あぁっ！」

裕斗がそう答えると同時に、さやかの指が尻穴にねじ込まれた。

「あふぅっ……ふあっ、あん、あぁ、指ぃ……」

肛門でも感じてしまう己の身体を見てか、ペニスがさらに硬くなった。裕斗はそれを粘膜で感じ取り、背筋をぞわりとさせる。

「やっぱり、私の身体は……すごくエッチなんだ」

「さやか……あっ、あぁぁっ！」

膣穴を突く動きもやめないまま、さやかの指が尻の窄まりをこねくり回すように動く。女性器と肛門を同時に刺激されるのは、やはりたまらなかった。裕斗は官能に身をよじらせる。

「こんな身体、よりによって……先輩に……くぅうっ」

「あぁっ！　さやか、奥はダメッ……またイッちゃうっ」

　しかしさやかはその言葉を聞くと、さらに奥を突いてくる。子宮の入り口に亀頭を押し当て、頸部をぐりぐりと圧迫するように腰をくねらせた。

「ひぃっ、ひぃ、本当にイッちゃう、イク、あっ、あっ……」

　裕斗が宣言した瞬間、さやかが低い声であぁと呻いた。同時に粘膜を焼き切ろうとするかのような熱い精液が、子宮口のすぐそばで炸裂した。

　その感触に後押しされるかたちで裕斗の身体が痙攣し、おなかの奥からこみ上げた絶頂が全身に伝播していく。さやかに向けた背がしなって、やがて力が抜けて崩れ落ちてしまう。

　荒い呼吸を吐いていると、さやかはゆっくりと膣穴からペニスを引き抜いた。さやか自身も、ぐったりとへたり込んでしまった。

「……子供の頃から」

　そして息の整わないままに、ぽつりと語りだす。

「もうずっと前から……裕くんと知り合う前から、私、自分の身体がちょっと変なんだって知ってたの」

「さやか……」

「エッチなことにすごく敏感で……こんなのおかしいって思いながら、一人でするのがやめられなくって……昔、お母さんに見つかってすごく怒られた」

さやかの声には、消え入りそうな恥と後悔が滲んでいた。

「だけどやめられなくって……隠れながらオナニーして、成長すればするほど、自分が変なんだって、感じやすすぎるんだってわかってきて……」

裕斗の想像どおり、さやかは己(おのれ)の感度の高い肉体をきちんと自覚していた。

「裕くんのことも……ずっと前から好きで、でも、それで、付き合えたら？　キスも、エッチなこともしたくなるに決まってる。そのときに私、ちゃんと私でいられるのか……裕くんに失望されないか、すごく不安で……ずっと告白できなかった」

裕斗の胸が、どきりと高鳴りだした。

（さやかも……俺のこと、好きでいてくれたんだ）

「友朗先輩のことは……あの人、絶対悪いヤツだってわかってたから、誘われても無視してた。たぶん、私の身体のことも見抜いてた」

「……」

それを裕斗は、無駄にしてしまったのだ。

「裕くんの身体に入ってみて思った……やっぱり、ずっとエッチなことを考えて、お股が変になってる私は、異常なんだって。裕くんはそんなことないんだって。そしたら、よけいに……告白なんてできないって思って……」

「さやか！」

裕斗はたまらず声をあげた。

「さやかは変じゃないよ。そんなふうに思う必要なんかないって」

「でも、今だって！　こんな無理やりされてるのに、私、感じちゃってた……」

「それは……お、俺が、この身体を……変に使ったからで……」

「ううん、私の本性なんだよ……」

そう言ってさやかは泣き崩れた。しくしくと涙を流すその様子に、裕斗は改めて自分のしてしまったことの重大さを思い知った気分だった。

さやかはずっと自分の身体のことで悩んでいた。裕斗に告白ができないくらいに。友朗のことも、言葉を選んでいるが嫌いだったのだろう。裕斗のことを思えばなおさら遠ざけたかったはずだ。

そういう悩みや気遣いを全部、自分が壊してしまったのだ。

「裕くんにこんな、身体のこと知られて……もう生きていけないよぉ」

——そんなことはない。

「そんなこと絶対ない！」

裕斗は力強く否定した。

「さやかがどんな身体でも……いや、この身体は、ぜんぜん、恥ずかしく思ったりしなくていいよ。だって俺は……さやかがどんなでも……」

今しかない、と思った。

「俺は、さやかのことが好きなんだから！」

言った瞬間に、すがすがしさが胸を支配した。

ずっと言いたくて言えなかったこと。先延ばしにしてしまっていたことをようやく、こんな状況ではあるが吐き出すことができた。

さやかは涙を引っ込めて、驚いた様子で裕斗のことを見ている。

「裕くん……」

「先輩のことは……ごめん、本当に……謝って済むことじゃないけど、本当にごめんっ。でも、俺はさやかのことずっと好きだったんだ！」

言っているうちに、ようやく気恥ずかしさが襲いかかってくる。だがもう今さら止まれない。

「俺だって、断られたらどうしようって思って告白できなくて……勇気がなくて……本当は、流星を見たあの日に、言おうと思ってて」

あの日、本当に告白できていたらどうなっただろうか。裕斗が友朗の誘いに乗ってしまうこともなかったかもしれない。

でも、そんなことを言っていても仕方ない。起きてしまったことを受け入れて、それでもさやかに想いを伝えるのが、いま自分にできることだと裕斗は考えた。

「さやかの身体は、ぜんぜん恥ずかしくない！」

「裕くん……」

裕斗の告白を聞いたさやかは、もう涙を流してはいなかった。涙のあとを指で拭って、自分の中でなにかを確かめるようにこっくりと首を振る。

「……実はね、突き止めたの。どうして私たちの身体が入れ替わったのか」

そして裕斗をしっかり見据えて、事情を説明しだした。

「裕くんが調べてくれた、サイトの掲示板の情報が鍵だったの」

ただの与太話に思われたあの書き込みたちが、実は真に迫っていたらしい。

今ではさびれている、裕斗たちの住む三楽町にある三楽神社。そこはルーツが諸説ある因縁の結集地だった。

「三楽町は、うんと昔から……昔から流れ星が多いことで有名だったらしいの。しかも、星が流れたあとには必ず変なことが起きて……」

町が奇妙な光に包まれると、発狂する者が男女一組現れる。

別人のようになって奇怪な行動を取る、記憶をなくして仕事ができなくなる……などの現象が多発していたらしい。

（それって……もしかして、身体が入れ替わってる？）

裕斗はそう考える。さやかも同じだったらしく、そこを重点的に調べたらしい。

怪奇となった者たちに共通することは、流れ星の際、視界が真っ白になるほど強い光に包まれたということだった。

それを神のいたずらだと考えた信心深き者たちが集い、神をあがめ、人々にとって悪いことが起きないようにと三楽神社を建立した。

「神社の神主さんに話を聞けたの……」

そう言って、さやかは立ち上がって裕斗の部屋を開いた。机の上に、古びた文献のコピーが何枚も広げられていた。

「神社に残されてたのがこれ。神社ができてからそういう現象は少なくなって、ここ数十年はまったく聞かなくなって……今じゃもう、神主さんも『まゆつば』なんて言ってたけど」

裕斗もコピー用紙をのぞき込むが、いかんせん崩した毛筆の文字だ。すぐには解読できなかった。

「神主さんに読んでもらったの。もし流星や彗星が観測されたとき、気の狂ってしまった男女が現れたらどうするか……」

「えっ！　まさか……解決できるの？」

さやかはこっくり頷いた。

ふたりが元の身体に戻るにはどうするべきかを、ゆっくり語りはじめた。

3

「はぁ、はぁ、はぁ……！」

時刻は夜の二十三時。さやかと裕斗はこっそり家を抜け出していた。

三楽神社の社殿までの長い階段を、ふたりして息を切らしながら上がっていく。

夏の夜の虫が鳴き、じっとりとした蒸し暑さが汗ばんだふたりの肌を包む。

「やっと……着いたぁ」

さやかの身体に入った裕斗が、ようやく見えた鳥居の前で息を整える。

裕斗の身体に入ったさやかは、裕斗に比べれば体力に余裕がありそうだった。それでもこめかみから汗が伝っている。

「ここで……これから……」

言い伝えを要約すると、もし発狂した——いや、身体の入れ替わった男女が出た場合、そのふたりが御神体の前で肌を合わせることで解決できるということだった。

肌を合わせる……つまり、セックスするということ。

(本当に効き目があるかは、わからないけど……)

だが、少しでも可能性があるならすがりたい。いつまでも身体を入れ替わったままにはしておけない。

「あの中に本殿……っていうのがあるんだよな」

「うん。でも、さすがに鍵がかかってて入れないよ」

ふたりは閉じられた社殿の前で立ち止まる。不思議なもので、そこに立ってから急に虫の鳴き声が止んだように感じた。シンと静かな空間、今、この世にさやかとふたりきり。裕斗はそんな気分になった。

「しょうがないから、ここで……」

さかやが言うのに、裕斗は頷いた。小さな社殿の階段に腰を下ろし、自分から着ていた服を脱いでいく。

「その……さやか」

さやかの身体をしながら、自分の顔をしたさやかに、真剣に話しかける。

「さやか……好きだ。元の身体に戻れたら、俺と付き合ってほしい」

さやかはそれを聞き、裕斗の顔で頷いた。

「うん。私も、裕くんのことが好き。元に戻って、ちゃんと、恋人同士になりたい」

服も下着もはだけて素肌を丸出しにした裕斗の前で、さやかも静かに服を脱ぐ。

ふたりできちんと目を合わせ、心も通わせ、合意の上で肌を重ね合う。

浴室などで見慣れていたはずの自分の裸が、こうしていると初めて見るもののように思えてくる。

(また、俺……自分の身体に犯されるんだ)

そんな気持ちが疼いたが、今は性的な欲求を満たすことが目的ではない。

さやかと元の生活に戻るための、大切な儀式だ。

「裕くん……その、触るから」

「う、うん」

お互い裸になったふたりは、ぎこちなく触れ合っていく。

「あっ……」

さやかの手がそわそわと虚空をさまよったあとに、決意したように裕斗の乳房に寄せられた。柔らかさを確かめるようにふにふにと、小さな膨らみに指を沈ませていく。

「私の胸、こんな……じ、自分で見たときは、もうちょっと大きいかなって思ってたんだけど……裕くんの手で触ってみると、すごく小さい」

「ち、小さくないって。これくらいが普通だよ」

「本当にそう思う……？」

「うん。さやかの胸は、エロくて、いい胸だよ」

（なに言ってるんだろう、俺……）

今さらこみ上げてきた羞恥心で頭がくらくらする。緊張しすぎて、こめかみがどくんどくんと音を立てていた。心臓も同じくらい早鐘を打っている。

「そう言ってもらえると……自分の身体なんて、ずっと恥ずかしいだけだったから」

「そんなこと、ないって」

「だって……ほら」

急にさやかが乳首を摘んだので、あっ、と大きな声があがってしまった。敏感な胸の尖りが、いきなり与えられた強い刺激に震え上がっている。

「こんなに感じやすくって……」

「んんっ……それは、その、そうだけど」

こうしてさやかの身体のサイズや感度を認めたり、確かめたりしていくのは変な気持ちだった。

たった一ヵ月と少しこの肉体の主になっていただけの裕斗と、生まれて十何年、ずっとこの身体と向き合ってきたさやかで、認識のすり合わせをしていく気分だ。

「ちょっとエッチなこと考えるだけで、乳首が硬くなっちゃって……ブラの中で擦れて、授業中でも……裕くんといるときでも、落ち着かないときがいっぱいあったんだから」

その言葉を聞いて裕斗は固唾を飲んだ。下腹部が疼いた。さやかの口から淫らな報告をされるのは、裕斗の中の、八木裕斗としての興奮を煽ってくる。

しかし今、裕斗が入っているのはさやかの身体だ。性的な欲望は勃起ではなく、甘い蜜の滴りとなって秘唇を濡らす。

「……裕くん。脚、開いて」

「い、今はダメ……」

「大丈夫、わかってるから。開いて」

決意したように言うさやかに気圧されて、裕斗はおずおずと太股に隙間を作った。

（濡れてるの、バレちゃうよ……）

さやかの手は、迷いなく裕斗の粘膜に触れた。クレヴァスの部分がほとんど無毛の少女の性器は、しっとりと湿っている。

「ほら、もう濡れてる」

「ううっ……」

指摘されるのがとても恥ずかしい。言い訳もできない。

「ちょっと乳首を触っただけなのに……」

「い、いや……これは、違うんだ」

さやかの表情に、自分の肉体に対して失望のような、複雑なものが浮かんでいるのを見て裕斗は焦る。悲しい顔をさせたくない。

この身体を、恥ずかしいなんて思ってほしくなかった。

「乳首だけじゃなくて……さ、さっきさかやがエロいことを言ったから。想像して、なんか、勃起みたいになっちゃったっていうか」

「エロいこと……言った？」

「言った。あの、ブラと乳首が擦れてとか」

「そんなので濡れちゃったの？」

どことなく責められているようで緊張するが、正直に答えなければならない。そんな気がした。ここでごまかしを言えばさやかの心は塞いでしまう。

「でも、俺だって……ちょっと変なこと考えるだけで、ぼ……勃起するし」

これ以上熱くなりようがないと思っていた首から上が、ちりちりするほど温度を上げていた。

「さ……さやかのこと考えて、興奮したことだって……あ、ある。だから、さやかだけが特別いやらしいってわけじゃないと思う」

「……私のことって？」

いじけたようにうつむいたさやかが問いかけてくる。

「は……裸、とか」

「……どうだった？」

「さ、さやか！　さっきから……」

「私の裸……実際に見て、どうだった？」

「う……」

さやかの問いは止まない。さらには訊ね（たず）ながら、ゆっくりと控えめな乳房を揉みはじめた。

「はぁっ……や、あ、うぅ……」

敏感な少女の肉体は、少年の手の温もりを感じるだけで高揚してしまう。

「答えて、裕くん……私の裸、裕くんの想像どおりだった？」

「あぁっ」

また乳首が摘まれ、裕斗の身体は再びビクついた。それを見るとさやかは、まるでサディズムを刺激されたかのように下腹部に添えた手も動かしだした。

愛液で濡れた割れ目を、下から上に指先でなぞってくる。割れ目からはみ出した敏感なクリトリスを撫で上げられ、裕斗はさらに仰け反った。

「私がこんな感じやすい身体なんて、考えた？」

「か、考えてなかった……女の子が……さやかが、こんなに……気持ちいいなんて、思わなかったよ……！」

「ふぅん……」

「ああっ！　さやかっ、ダメっ、あぁあっ！」

さやかの指が、狙いを定めたかのようにクリトリスをいじくり回す。肉の種のように膨れた性感帯を、愛液の滑り（ぬめ）りを使ってくるくると何度もくすぐった。

「ひぃっ、ひっ、いや、あぁ、いやぁ、そこは……」

「ここがすごく弱いもんね。私の身体……」

「くぅ、わ、わかってるなら……」

「これからセックスしなくちゃいけないんだもん。ちゃんと気持ちよくしてあげないと……」

「あぁ……！」

いちおうそんな大義名分はあったが、やはりさやかの——裕斗の顔をした彼女の表情は、加虐的な心が疼いているように見えた。

（さやかも……もしかしたら、俺と同じ気持ちなのかも）

この身体に入って、男の——友朗の身体を見て興奮してしまったように。

さやかも少年の身体に入り、さやかの肉体に対して興奮しているのかもしれない。

「裕くん、こっちにお尻を向けて」

「いやっ……ダメだよ、さやか……」

「だめ、向けるの」

強く言われてしまうと逆らえない。性感で砕けそうになっている腰に力を込めて、裕斗は身体をくるりと回転させた。

階段をのぼった足場のところに膝と手をつき、四つん這いになる。

（いや……さやかに見られてる……濡れてるオマ×コも、お尻の穴も……）

実際、背後にいるさやかが息を呑んだのが伝わってきた。

「……胸と逆。せめて、もうちょっと小さいかと思ってたのに。私のお尻……」

「それは……」

裕斗の想像どおり、この大きすぎるヒップはさやかのコンプレックスなのだろう。

だが、それこそ裕斗がフォローしなくてはならない。丸見えの下半身に恥ずかしくなりながらも、裕斗はそんな想いに燃えた。

「大きいのがいいんだっ。俺は……さやかの大きいお尻が、だ、大好きなんだっ」

「……そうなの？」

「ずっと、さやかのお尻を見てたよ。子供の頃から……でも、どんどんお尻を隠すような服しか着なくなっていって」

「だって！　恥ずかしいんだもん」

「恥ずかしくないよ！　俺は、さやかのお尻を……う、う」

どうしたかったのかと言えば、答えは決まっていた。

「う……本当は、告白して、恋人同士になれたら……お、お尻を触りたかった」

「裕くん……」

「あ、あんまり細かくエロいことを想像してたわけじゃないけど……で、でも、さやかの身体に、触りたくって……」

さやかが再び息を呑むのを感じる。裕斗の尻も、羞恥心でぶるりと震えた。

「なのに、こんなことになっちゃって……本当にごめん。さやかの身体を、俺以外の男に触らせるなんて……本当にどうかしてた」

今さらしても遅い懺悔が、再び襲いかかってくる。

「それは……もう、いいの」

しかしさやかは、いじけたような声で答える。

「ううん、よくないけど……いいの。もう、どうしようもないことだから……裕くんは先輩のこと、すごく尊敬してたし……それに……」

それに、の先をさやかは言わなかったが、裕斗には伝わった。

己の身体が敏感で淫欲が強いことを、またさやかは自罰的に思っているのだろう。

「さやかは悪くないよ、全部俺のせいだから……ああっ！」

裕斗が再び自省しようとすると、さやかの両手が急に尻に食い込んできた。

むちむちした尻たぶを握りしめるように指を立て、左右にぱっくりと割り開いてしまう。つられて秘唇と尻の穴が突っ張るようになった。

「あんっ!」

そしてまさかと思ったが、生温かいものが粘膜に触れて声をあげてしまう。

さやかの唇と舌が、裕斗の秘唇をねっとりと舐め回した。

「んんっ……私のあそこ、しょっぱい」

「あぁ……な、舐めてる……んんっ!」

最初こそおずおずとしたものだった舌づかいが、どんどん積極的になる。尖らせた舌先で割れ目を何度も往復したかと思うと、開きだした膣口に先を突き入れてゆるくかき回してくる。

(さやか……なんで、こんなにオマ×コ舐めるの上手なの……)

「んふ……私の感じるところなんて、私には全部わかるんだから」

「あっ……!」

胸の中の裕斗の問いは届いていないだろうが、さやかが答えを教えてくれる。

(そっか、さやかの身体だもんな……)

裕斗が知らないだけで、これまでさやかも、悶々とした気持ちを抑えるために自慰を繰り返してきたのだろう。

（あの厳しいおばさんに隠れながら……それって、すごく大変なことだよな）

抑えられればばられるほど、暴れそうになってしまうのが人間の欲望というものだ。さやかはきっと、自分を恥ずかしく思う気持ちと、満たされない欲求で、窮屈な日々を送っていたに違いない。

そしてその奥の奥で、裕斗のことを好きでいてくれたのだ。

「あふっ……さやか、待って……あん、あっ、は……」

裕斗は息も絶えだえに愛しさを伝える手段を探す。しかしさやかの舌は止まることがなく、ついに一番の弱点のクリトリスに吸いついてしまう。

「あはぁうっ、あん、そこは……あぁっ」

唇で包皮ごと陰核が挟まれ、中から這い出た舌でぺろぺろと撫で回される。たまらない快感が下半身からこみ上げ、背筋を通って裕斗を打ちのめしていく。

「ひくぅ、い、イッちゃうから……イッちゃうからダメぇ」

裕斗が訴えれば訴えるほど、さやかの愛撫は激しくなった。まるでこのまま裕斗を絶頂させようと、意固地になっているようだった。

「あぁ、イク、イッちゃう、さやか、あっ、あああぁあぁっ！」

強めに吸い上げられたのがとどめとなって、裕斗の全身を甘い痺れが駆け抜けた。

床板についている手足がぴぃんと張ったかと思うと、そのまま崩れ落ちてしまいそうになる。

「ダメ、まだ耐えて」

そんな身体をさやかが支える。裕斗の腰をぐっと引き寄せると、またさやかに向けて尻を突き出した体勢を保たせた。

「おち×ちん入れる前に、ちゃんと感じ方を確かめておかないと……」

「いひぃっ！　さやか、そっちは……あぁっ」

制止の声も間に合わない。再びさやかが尻に顔を近づけたかと思うと、今度はきゅっと引き締まった肛門に舌先をつけた。

「あふぅぅ～っ……お尻の穴、舐められるの……いやぁぁ」

弱気になった裕斗の口から、すっかり女の子の嬌声がこぼれてしまう。

さやかはそれを聞くともっと熱心になり、アヌスの皺を確かめるように舌をぺろぺろと舞わせた。

（いやっ……いや、舌のざらざらまでわかる……）

敏感な尻の窄まりは、触れてくる粘膜のテクスチャーをしっかり感じ取る。

「……やっぱり、こっちも感じるんだ」

「や、やっぱりって……」

「……お尻、ちょっとだけだけど……前からいじってたもん」

裕斗の胸が、どきりと跳ね上がった。

(やっぱり……さやか、お尻でオナニーしてたんだ)

そうでなければ、あの感じやすさの説明がつかないと思った。衝撃と興奮で、裕斗のおなかの奥の奥から、ごぷりと粘液が分泌された。

「あっ、今、すごく……お汁が、とろって出てきて……」

「さやかが……いやらしいことを言うから」

「……こうやって、エッチなこと聞くだけで……こんなになっちゃうんだ」

半分感心しているような声でさやかが言うのを、裕斗はもどかしく聞いた。

肉穴が疼いて疼いて、もう我慢できないという気持ちになっていた。

(早く……さやか、チ×ポ入れて……)

我知らずのうちにそんな淫乱そのもののことを考えてしまう。同時にちらりとさやかの……自分の肉体の下半身に目をやり、あっと声をあげそうになった。

(チ×ポ、すっごく上向いてる……こんなに勃起して……)

少年のペニスは、自身の腹を叩きそうなくらいに勃起していた。さやかもそれをわかっていて、そわそわと持て余しているようだった。

「裕くん……」

「う、うん。大丈夫……だと思う」

昼間に何度か挿入されたとはいえ、こうして改めてペニスを見てみるとわずかにおののいてしまう。

(俺のチ×ポ、こんなに大きかったっけ……)

さやかから見た自分の胸や尻のように、認識に誤差が生まれていた。

こんなものを奥まで挿入されると思うと、じゃっかんの恐怖がある。だがそれを上回る期待と興奮も事実だった。

「い、いくよ……入れちゃうから」

「うん、きて……あっ！」

後背位の体勢で、さやかがしっかりと裕斗の腰を掴む。裕斗は改めて四肢に力をこめて、崩れ落ちないように慎重になった。

「あっ……！　先っぽ、当たって……」

陰唇を熱い亀頭がにちゅりとかき分けた。その奥でまとまった膣口を、今すぐにでも拡げたいと言うように押し当ててくる。

「く……ふ、あっ……」

「あぁっ！　あぁあぁぁっ」

裕斗の口から叫びが漏れた瞬間に、さやかからは驚嘆の息がこぼれた。ずぶずぶと太い幹が膣穴に侵入し、奥へ奥へと入り込んでくる。

「ふあぁっ……あふ、奥まで……一気に奥まで入っちゃう！」

裕斗が叫んだと同時に、亀頭が子宮口をコツンと小突いた。身体の行き止まりと、ぞくぞくする性感を伝えてくる場所だ。

「ああっ……私のオマ×コ、すごくぬるぬるして……すごく締まってる……」

さやかは、改めて感じる己の膣穴の感触に感激しているようだった。

「裕くんのおち×ちんもすごいのっ……うくぅ、く、クリが……すごく大きくなったみたいな感触で……」

「それは……」

そう聞いて裕斗は納得した。同じようなことを思っていたからだ。この小さな陰核は、ペニスを縮めて亀頭だけを露出させたような感触だと。

「大きくなったクリが……ぬるぬるで、きゅうきゅうしてる穴に、ぎゅうって……うぅぅ、わけがわかんなくなりそう」

その言葉で、裕斗は自分の童貞がさやかの膣穴に捧げられたことを強く意識した。

もっとも、身体の持ち主は逆であったが……。

(早く……早く、元に戻らないと)

女の身体で得る、ペニスに犯される快感に溺れそうになってはいるが、その中でもはっきりと願うことがあった。

(いつもどおりの日常に戻って、さやかに告白して、恋人同士になって……男の身体で、さやかとセックスしたい……)

さやかだってきっと同じ気持ちだろう。そう思って裕斗は、改めて全身に力を込めた。

「あんっ……!」

膣穴もぎゅうっとこじれ、挿入されたペニスを強く感じてしまって声が漏れた。

同時にさやかも声にならない声をあげたのを聞き取りながら、裕斗は自分からもゆっくりと腰を使いだす。

「んんっ……このまま、動きを、合わせて……」

「あっ、ああっ……」

尻を振りたくって、肉棒をしごくように膣穴に擦らせる動きを見て、さやかのほうが戸惑っていた。

「さやか、大丈夫だから……このまま、俺に合わせて腰を振って……」

「わ、わかった……んんっ！」

裕斗が尻を後ろへ突き出すのと同時に、さやかはペニスを奥へ突き込むように腰を前に出す。逆の動きもまた同じ。そしてまたお互い突き出し、摩擦と衝突の刺激を何倍、何十倍にも高め合っていく。

「あぁん……これ、すごく気持ちいい……」

「裕くん……わ、私も……さっきより、いいような……」

乱暴に犯した昼間の行為よりも、こうしてじっくりと快感を与え合う今のほうが心地よい。裕斗もさやかも同じ想いだった。

（これって……友朗先輩としてたのとは、ぜんぜん違う……）

今さらながらに友朗との行為を思い出してしまう。

あれは肉欲のみでつながり、破滅的なまでに快感を叩きつけられるけだもののセックスだった。

今の、さやかとふたりで昇り詰めようとするものは、まさしく恋人同士が愛し合う行為のように思えた。

どちらの快楽が強いか、どちらが正しいのか。それは裕斗にはわからない。

だが……。

（こっちのほうが……すごく、好きぃ）

肉体に正直になれば、今のさやかとのセックスのほうがよかった。

「あんっ、あんっ、あっ、あっ」

「裕くん……裕くん、裕くんっ」

ゆったりとした官能がじんわりと脳と身体に溶けていく。一生この感覚に浸っていたいとすら思える。

やがて迎える絶頂を惜しいとすら感じる。ずっとこのままさやかとつながって、このゆるゆるした気持ちよさを味わっていたい——そんな甘ったれた思いにさせられる。

だが、そんなふたりもどんどん加速していく。絶頂に向けて、腰をぶつけ合う動きが激しくなってゆく。

「あひぃ、ひぃ、きちゃう、さやか、イッちゃう……あぁっ！」

激しく膣穴、特に子宮口を突き回され、射精を求めて裕斗の粘膜がぴくぴくと震えだす。

「あぁ！　裕くん、締めちゃダメ、あぁっ、出ちゃう……出ちゃうっ」

その痙攣を感じ取り、さやかも悲鳴に聞こえるほどの声をあげる。そして腰振りはさらに獰猛になり、精汁を膣穴にぶちまけるためのラストスパートを走っていく。

「あぁイク、裕くん、オマ×コに出しちゃうっ。精液出ちゃうよぉ」

「出してぇ！　さやか、中で出して！」

激しくなる快感の中でふたり叫び合う。

「イク、イク、あぁ、あぁ、あああぁあああぁぁっ！」

やがて裕斗が少女の声でアクメを叫ぶと同時に、膣穴が激しくうねった。それを受けてさやかのペニスがドクンと脈打ち、肉粘膜の奥に熱いしぶきを噴き上げていく。

「出てるぅ、精液……オマ×コの中に出てるぅぅっ……」

絶頂の快感の中で、裕斗は注がれる精液の感触に打ち震えた。

「く……ふ、はぁ、はぁっ」

さやかはもはや無意識だろうが、脈打つペニスをさらに膣穴に打ちつけた。一滴も残さず中に射精しようと、必死に腰を振り立てる。

（神様……）

真っ白になっていく頭の中で、裕斗は必死に願った。

（どうか俺たちを元に戻してください。お願いします。俺たちは、普通の恋人同士になりたいんだ……)

やがて裕斗の意識は途切れてしまった。ほぼ同時に、さやかが裕斗の身体の上に倒れ込んでくるのが、かろうじてわかった。

エピローグ

あくる日の放課後、ふたりは裕斗の部屋に集まって勉強会を開いていた。

数学の成績が思わしくない裕斗に、相変わらず優秀なさやかが教えるかたちだ。

「んっ、裕くん……ちゃんと問題解いてからじゃないと」

「集中できないから、休憩」

「もう……」

三楽神社で意識を失ったあの日、ふたりが目を覚ましたのは翌朝だった。

気がつくとお互い、自分自身の身体に精神——いや、魂が戻ったかたちで、それからはすっかり元通りの生活を送ることができるようになった。

友朗のことも、少なくとも今はどうにかなっている。改めてさやかと恋人同士になった裕斗が、自分から友朗に顔を合わせに行ったた。

「もうさやかには手を出さないでください」

はっきり言うと、友朗はわずかにあざけったような顔をした。

「先輩が思っているほど、俺は弱い人間じゃないです」

だが臆さずそう続け、小馬鹿にした表情をしつづける友朗から一秒も目を逸らさずに睨みつづけると、やがて友朗はため息をついた。

「それ、知ってる。超融通の利かないやつの顔。そんでもってすっごいタチが悪いんだよな、諦めないから」

そう言うなり、くるりと背を向けて去っていった。

そしてそれ以降、さやかにも裕斗にも話しかけることはなくなった。

今のところは、さやかのことも裕斗のことも諦めてくれているらしい。

また邪悪な本性を見せて、ちょっかいをかけてくることがあるかもしれない。だがそれでも今のふたりなら乗りきれると、裕斗は信じていた。

「あふっ、裕くん……そこは……あぁっ」

ベッドに仰向けになった股間に顔を埋めると、さやかが恥ずかしそうな声をあげた。

しかしそれ以上の抵抗はせず、裕斗の愛撫を受け入れる姿勢だ。

「んふ、んぅ、んん……」

裕斗はそんなかわいらしいさやかの秘唇を、舌でゆっくりと解きほぐしていく。

そうは言っても、もうそこは熱く湿っている。裕斗の舌先で、その興奮をさらに増幅させていくだけだ。

「待って、されてばっかりじゃやだ」

「あ……」

さやかが身を起こし、ズボン越しの裕斗の股間に優しく手を添えた。するすると勃起を撫で上げ、好奇心と欲望が抑えられない顔をする。

「くすっ……裕くんが大好きなお尻で、してあげる」

さやかはもう、淫らで感じやすい自分の身体を恥じてはいなかった。それどころか、裕斗とふたりきりのときはいっそう、いやらしいことに積極的になった。

「ほぉら……」

「あっ、ああっ」

思わず裕斗は切ない声をあげた。パンツまで脱いでむき出しになった裕斗の勃起ペニスに、さやかが尻肉を押しつけた。汗でしっとりと濡れた柔らかい肌が、左右から肉棒を包み込む。

「ふふっ、お尻の谷間でぴくぴくしてる」

ゆるゆると尻を揺らして、熱い竿肌や粘液を滲ませだした亀頭を擦っていく。

やがてさやかの桃のようなヒップが裕斗の先走り汁でべとべとになっていくと、尻を振りたくられる摩擦はさらに快感を与えてくれるようになってくる。

「あぁ、さやか……」

特に温度の高い肛門や、その下にあるクレヴァスが妖しく揺れて裕斗を乱す。

「ふふっ、早く入れたい？」

「入れたい、さやかの中に……」

「くす、まだダーメっ」

裕斗はすっかりさやかに振り回されているが、それは心地よく、優しい主従関係だった。

「ねぇ、どっちに入れたいの？　オマ×コ？　お尻？」

「お……お、お尻」

「裕くん、本当にお尻好きだねぇ」

さやかが淫らに微笑む。その笑みに裕斗は頭がとろけていくのを感じる。

「お、お尻のあとはマ×コに入れたいけど……」

「もう、欲張りなんだから」

呆れたように言うさやかだが、まったく嫌がっていない。それどころか嬉しそうだ。

「いいよ、裕くんとなら……どっちでも、何回でも」

裕斗はさやかの微笑みを見ながら、これから訪れる淫らなひとときへの期待と、このぬくもりを絶対に離さないという決意を抱いた。

◎本作品の内容はフィクションであり、登場する個人名や団体名は実在のものとは一切関係ありません。

◉新人作品**大募集**◉

マドンナメイト編集部では、意欲あふれる新人作品を常時募集しております。採用された作品は、本人通知のうえ当文庫より出版されることになります。

【応募要項】 未発表作品に限る。四〇〇字詰原稿用紙換算で三〇〇枚以上四〇〇枚以内。必ず梗概をお書き添えのうえ、名前・住所・電話番号を明記してお送り下さい。なお、採否にかかわらず原稿は返却いたしません。また、電話でのお問い合せはご遠慮下さい。

【送付先】 〒一〇一-八四〇五 東京都千代田区神田三崎町二-一八-一一 マドンナ社編集部 新人作品募集係

幼馴染みの美少女と身体が入れ替わったから浮気エッチしてみた

二〇二一年 四 月 十 日 初版発行

発行◉マドンナ社

発売◉二見書房

東京都千代田区神田三崎町二-一八-一一

電話 〇三-三五一五-二三一一(代表)

郵便振替 〇〇一七〇-四-二六三九

著者◉霧野なぐも【きりの・なぐも】

印刷◉株式会社堀内印刷所 製本◉株式会社村上製本所 落丁・乱丁本はお取替えいたします。定価は、カバーに表示してあります。

ISBN978-4-576-21035-3 ◉Printed in Japan ◉©N.kirino 2021

マドンナメイトが楽しめる! マドンナ社 **電子出版** (インターネット)……https://madonna.futami.co.jp/

Madonna Mate